SALVAREA LUI JAY

SERIA FAMILIA WINSTON

CARTEA A TREIA

ROWENA DAWN

SCARLET LEAF

2019

Cuprins

FAMILIA WINSTON

Copiii Rebeccăi
Adam (c. Anna)
Evelyne (decedată)
Copiii lui Adam
Marjorie (geamănă, c. Jonathan) – copii: Matt (35, c. Nora, fiu adoptiv Nat), Maggie (29), Jay (29)
Michael (geamăn, c. Amelie) – copii: Josh (27), Lily (27)
Gabriel (c. Emilie) – copii: Ariel (33), Alex (33), Becka (19; c. Bryan; copii gemeni: Lea și Sean)

CAPITOLUL UNU

Sunetul înfiorător al unor pumni intrând în contact cu trupul cuiva răsuna în alee. Gemete profunde de durere izvorau ca un ecou în urma lor.

Femeia păși pe vârful picioarelor și se lipi de zid. Trase adânc aer în piept pentru a domoli adrenalina ce îi alerga prin vene și își flexă umerii.

Își aplecă capul într-o parte și privi pe după colț. Ochii îi căzură pe un grup de cinci bărbați care își încercau pumnii pe un altul cu entuziasm. Inima femeii se strânse și aceasta își mușcă buza de jos.

Bietul om încerca din toate puterile să le țină piept atacatorilor săi, dar eforturile sale erau inutile. Agresorii îl depășeau cu mult ca număr, așa că, în curând, omul se văzu la pământ. Bărbații se adunară în jurul corpului prosternat la picioarele lor pe asfalt și începură să-l lovească în coaste și în spate cu picioarele pe bărbatul căzut.

Femeia își aruncă părul de culoarea mierii peste umăr. Își scoase un elastic de păr din buzunarul din spate al pantalonilor, iar apoi își legă coama ca mierea într-o coadă ca să se poată mișca liber.

Mâna ei dreaptă ridică tivul jachetei și scoase pistolul pe care și-l înfipsese în betelie mai devreme. Mai apoi, cu degetele de la mâna stângă, își pescui și legitimația din buzunarul jachetei.

Inspiră şi expiră profund. Acum se simţea pregătită să le facă faţă atacatorilor, aşa că păşi în alee şi strigă:

—Poliţia, staţi pe loc sau trag.

Spre necazul ei, bărbaţii nici măcar nu se întoarseră spre ea, ci continuară să îl bată la sânge pe bărbatul făcut ghem la picioarele lor. Femeia se strâmbă şi îşi dădu ochii peste cap.

—Bine, atunci, murmură ea.

Îşi ridică braţul cu arma şi trase. Glontele muşcă asfaltul chiar la piciorul unuia dintre tâlhari. Gestul ei le atrase în sfârşit oamenilor atenţia. Se întoarseră spre persoana care trăsese în ei şi uitară despre victima însângerată ce zăcea la picioarele lor. Cei cinci se încruntară şi păreau gata să sară pe poliţistă.

Femeia îşi ridică sprâncenele frumos arcuite şi îşi scutură capul, avertizându-i pe oameni să rămână unde se găseau. Îşi flutură legitimaţia de poliţist şi le arătă pistolul.

Cei cinci schimbară între ei o privire plină de înţeles. Nu îi prea îngrijora pe ei că femeia era din cadrul poliţiei. Cu toate acestea, îi îngrijora că aceasta avea un pistol în mână şi părea să ştie cum să-l folosească. Se îndreptară în şir indian spre celălalt colţ al aleii, având grijă să îşi ţină permanent privirile pe poliţistă.

Încruntăturile de pe chipurile lor promiteau o răzbunare crâncenă, dar poliţista nu dădu niciun semn că i-ar fi fost teamă. Ea doar îi privi cu ochii reci până ce bărbaţii se pierdură după colţ.

După aceea, un zâmbet sardonic îi apăru femeii pe buze. Şi totuşi, nu îşi schimbă poziţia până ce paşii bărbaţilor nu se pierdură complet în noapte şi nu îi ajunse la urechi zgomotul puternic făcut de uşa din spate a cazinoului când aceaştia o trântiră de perete.

Polițista se duse într-o grabă spre bărbatul care rămăsese făcut ghem pe pământ. Gemetele lui ușoare îi ajunseră la urechi și femeia își scutură capul. Gura îi deveni o linie dură când ochii îi căzură pe urmele lăsate de bătaia sălbatică pe care bărbatul o suferise.

Femeia își îndesă legitimația în buzunarul de la spate, dar își ținu pistolul pregătit. Se lăsă pe vine lângă bărbat, iar degetele ei îi atinseră bărbia cu blândețe. Îi întoarse capul cu grijă pentru a nu-l răni mai mult decât era.

El încercă să se uite la femeie, dar nu își putu limpezi privirea. Nasul bărbatului și gura lui sângerau din plin, iar unul din ochii săi era deja complet închis. Celălalt ochi era umflat și însângerat.

Va fi mult mai rău mâine, își scutură femeia capul cu regret. Chipul bărbatului arăta de parcă acesta trecuse prin tocător, iar inima ei se strânse din nou. *Ce păcat*, se gândi ea. *Erai un bărbat atât de atrăgător*, reflectă ea cu amărăciune.

Într-adevăr, femeia îl urmărea pe bărbat de vreo două luni deja, deși nu aflase prea multe despre el. Nu numai o dată, inima i-a bătut mai repede la vederea chipului atât de bine desenat al bărbatului. Nu i se mai întâmplase așa ceva înainte, chiar dacă avusese șansa de a întâlni specimene masculine mai bine făcute.

Își scutură gândurile nepotrivite momentului, dar degetele tot îi lâncezeră pe fruntea bărbatului, îndepărtându-i de pe chip o șuviță de un blond întunecat.

—Crezi că te poți ridica în picioare? îl întrebă ea pe un ton liniștit.

Vocea ei nu îi trădă nici gândurile și nici compasiunea pe care o simțea la vederea feței lui însângerate și învinețite.

Bărbatul nu îi răspunse, ci își atinse gura cu degete tremurânde, pentru a-și verifica dinții cu grijă. Se părea că nu era sigur dacă nu cumva și-a pierdut vreun dinte în fierbințeala bătăii.

—Ascultă aici, polițista îi înșfăcă mâna cu hotărâre strângându-i-o într-a ei pentru a-i atrage atenția. Poți să-ți verifici diversele răni și dureri mai încolo. Acum trebuie să plecăm de aici și repede. Indivizii aceia se pot întoarce cu întăriri, iar de data aceasta pot aduce și arme cu ei. Tu ești deja terminat pe ziua de astăzi, domnule, iar eu sunt doar una singură, așa că ar trebui să o luăm la picior. Presupun că tot mai vrei să vezi lumina soarelui mâine, se răsti ea la el. Desigur, dacă vei putea vedea ceva mâine, mormăi ea, schimbându-și poziția pentru că începuse să aibă cârcei la unul din mușchii de la gambă.

Femeia se postă în spatele bărbatului și își petrecu mâinile pe sub brațele lui. Apoi, începu să îl împingă în sus. Bărbatul se hotărâse să îi dea o mână de ajutor când auzise că atacatorii săi s-ar putea întoarce pentru a termina treaba. Nu avea nici cea mai mică dorință să își încheie zilele fiind aruncat în Lacul Ontario sau să se pomenească că a devenit parte permanentă din fundația unei clădiri.

Acum că avea cooperarea lui, polițista reuși să-l ajute să se ridice în picioare. Omul depășea 1,80, fiind mult mai înalt decât ea. Femeia își scutură capul cu mâhnire când își dădu seama cât de greu era acesta.

—Hai să vedem cum reușim să părăsim nenorocitul ăsta de loc acum, mormăi ea.

Îl sprijini pe bărbat punându-şi umărul sub braţul lui. Când bărbatul îşi lăsă greutatea pe ea, femeia se clătină şi mai că ajunseră amândoi la pământ.

—Oh, oh, oh, strigă ea, iar picioarele îi tremurară din cauza efortului. Oh, Doamne, parcă eşti o piatră de moară. Eşti mai greu şi decât un sac de grăunţe, murmură ea după ce se îndreptă şi îşi recăpătă echilibrul. Ştiu că nu va fi uşor, dar hai să încercăm să ajungem la maşina mea într-o singură bucată. Nu prea am chef să fiu făcută plăcintă pe asfalt cu tine peste mine. Va trebui să cooperezi cu mine, omule, lătră ea la el. Nu te gândi că indivizii aceia nu se mai întorc, îl preveni ea, străpungându-l cu ochiii îngustaţi. Nici unul dintre noi nu se va simţi prea bine dacă revin înainte ca noi să o fi tulit de aici.

Bărbatul dădu din cap, deşi nu părea foarte convins de cuvintele ei. De fapt, urechile îi ţiuiau şi un zumzet ciudat îi stăruia în creier. Cu toate acestea, făcu efortul de a pune un picior înaintea celuilalt.

Femeia începu să gâfâie după puţin timp. Îşi scutură capul, minunându-se de greutatea bărbatului ce se lăsa pe umărul ei. De asemenea, se întrebă, înjurând, de ce naiba îşi parcase maşina atât de departe de aleea din spate a cazinoului. Ar fi trebuit să se gândească că va avea nevoie de ea mai devreme sau mai târziu.

Încercând să-şi ia gândurile de la efortul herculean pe care îl făcea, îl întrebă:

—Cum te cheamă?

De fapt, poliţista îi ştia numele bărbatului, dar se temea că ar fi putut să-l pronunţe fără să vrea şi se gândise că nu ar fi fost bine să îl şocheze pe bărbat spunându-i pe nume, astfel făcându-l să cadă în prostrație. Mai aveau încă de acoperit o distanță oarecare până la mașina ei și avea nevoie ca acesta să se concentreze numai pe acea acțiune.

Bărbatul își întoarse capul spre ea încet și o privi prin fanta ochiului pe care îl mai putea folosi încă. Îi răspunse numai după un minut lung, când femeia deja renunțase să mai audă vreun răspuns de la el.

—Eu sunt Jay. Dar tu? întrebă el pe un ton răgușit.

—Eu sunt Ellen, replică femeia. Îmi pare bine să te întâlnesc, Jay. Sau poate că pentru tine nu este chiar atât de plăcut, încercă ea să ridice din umeri, dar renunță imediat. Apropierea bărbatului nu îi lăsa prea mult loc de manevră.

—Hmm. Nu aș spune asta, îi răspunse Jay. De fapt, sunt mai mult decât fericit să te cunosc, Ellen. Dacă n-ai fi fost tu, o sfârșeam mort în lac. Îmi pariez ultimul pachet de cărți pe chestia asta, o asigură el.

—Chiar și acum te gândești la cărți, își scutură Ellen capul.

—De unde știi tu la ce mă gândesc eu de obicei? o întrebă bărbatul, ridicând una din sprâncene.

Era o adevărată performanță, considerând chipul lui deformat, iar Ellen îl admiră că mai era capabil să facă așa ceva. După aceea, însă, Jay gemu prelung pentru că, aparent, nu fusese o mișcare prea înțeleaptă din partea lui.

Un zâmbet de o clipă flutură pe buzele lui Ellen, dar ea îl alungă imediat.

—Te-am urmărit, recunoscu ea atunci când ajunseră mai aproape de mașina ei. Se gândea că ar fi reușit să-l târască de acolo dacă ar fi fost cazul.

—M-ai urmărit, șopti Jay fără să-i vină să creadă ce auzea. De când? întrebă el, oprindu-se, iar femeia își pierdu echilibrul câteva secunde.

—De o vreme, răspunse Ellen cu indiferență după ce își regăsi echilibrul. Iată că am ajuns, opri ea următoare întrebare a bărbatului. Aceea este mașina mea, arătă ea spre o mașină albastră închis de la marginea parcării. Cel puțin am fost destul de deșteaptă să parchez la margine, spuse ea cu o grimasă. Hai, mișcă-ți picioarele, Jay, să ajungem acolo.

Femeia îl băgă pe Jay în mașină cu mult efort. Îl propti pe spătarul scaunului și apoi îi prinse centura de siguranță cu degete iuți.

Ochii lui Jay se holbau la mâinile ei mici și delicate cu uimire. *Atât de grațioasă și totuși atât de puternică în același timp,* își scutură el capul, un gest pe care îl regretă după nicio clipă.

—Cred că ar trebui să te duc la spital, îi spuse Ellen după ce îi cercetă trăsăturile cu îngrijorare. Se temea că ar putea avea o contuzie dacă nu cumva chiar și o fractură a maxilarului.

Bărbatul încercă să își scuture capul din nou pentru a-i respinge propunerea, dar gemu în schimb, iar apoi își ridică degetele tremurătoare pentru a-și atinge cu grijă capul.

—Nu vreu să merg la niciun spital, șuieră el printre dinții încleștați.

—Poate că ar trebui să arunci o privire în oglindă înainte de a lua această hotărâre, îi replică Ellen pe un ton sec. Mă tem că nu ești în cea mai bună dispoziție mentală pentru a face vreo alegere în această chestiune, insinuă ea pe un ton dur.

—Nu mergem la spital, spuse Jay printre dinți și încercă să o intimideze pe Ellen cu privirea.

Din păcate, intenția lui eșuă din cauză că unul dintre ochii săi era umflat, iar celălalt o fantă îngustă.

—Voi fi bine, mormăi el fără prea multă convingere.

—Bine atunci, cowboy. Hai să te ducem acasă atunci, ridică Ellen din umeri cu indiferență. Dacă lui nu-i păsa de ceea ce i se întâmplase, nu vedea de ce s-ar fi îngrijorat ea pentru el.

Femeia își aruncă privirea în spatele ei spre alee pentru a se asigura că nici unul dintre huligani nu ieșise din nou afară. Satisfăcută că aleea era tot părăsită, alergă în jurul capotei și deschise portiera din partea șoferului cu un gest brusc. Ochii ei se mai prelumbrară o dată peste drumul din umbră, iar apoi femeia se așeză în mașină și blocă portierele cu un oftat de ușurare. Se aflau, aparent, în afara oricărui pericol.

Ellen își aruncă privirea spre Jay din nou, iar inima i se strânse când observă că acesta efectiv zăcea în scaunul lui. Își strânse buzele și porni mașina, conducând-o afară din parcare cu scârțâit de roți.

Femeia conduse cu viteza maximă legală și nu opri până ce nu dădu de primul semafor. Jay gemu când ea frână brusc, dar Ellen nu-i dădu nicio atenție. Degetele ei băteau darabana în volan, iar ochii ei atenți cercetau interiorul mașinii care se oprise pe banda de lângă ea. După ce se asigură că nici unul dintre haidamacii proprietarului cazinoului nu se găsea în acea mașină, își întoarse ochii spre Jay și îl măsură gânditoare.

Când apăru culoarea verde la semafor, Ellen porni mașina, iar apoi apăsă pedala de viteză până aproape de podea. După ce continuă drept pentru vreo două sute de metri, întoarse mașina spre zona lacului.

Jay își întoarse capul spre femeie și o aținti cu privirea.

—Încotro ne îndreptăm? o întrebă el pe un ton fără nicio intonație, deși mâna sa dreaptă se strânsese într-un pumn.

—Ai spus că nu vrei să mergi la spital, spuse Ellen. De aceea te duc direct acasă, explică ea.

—A cui casă? insistă Jay, pronunțând cuvintele printre dinții strânși. Diverse dureri, pe care mai înainte adrenalina le estompase, începuseră să se manifeste acum.

—A ta, replică Ella cu indiferență, fără a-și întoarce ochii spre el.

Femeia era ocupată să privească și strada și oglinzile retrovizoare în același timp. Deja ajunseseră departe de cazino, dar ea nu își făcea iluzii cum că proprietarul cazinoului s-ar fi jeant să trimită pe careva după ei.

—Și cum de știi unde locuiesc? srâșni Jay din dinți și se îndreptă în scaun în ciuda trupului său care protesta. Întreaga situație i se părea dubioasă.

—Tocmai ce ți-am spus că te-am urmărit, ridică Ellen din umeri și întoarse pe strada York. Știa că Jay locuia acolo într-o clădire înaltă. Sunt ofițer de poliție. Evident că te-am verificat și te-am și urmărit de câteva ori, îi explică ea pe un ton calm ca și cum ar fi explicat chestiuni de bază unui copil. Nu divulgă însă faptul că nu aflase prea multe despre el.

—Ce naiba? mârâi Jay. De ce m-ai urmări? Ce ai crezut că ai afla? întrebă omul cu uluire.

Din câte știa el, viața lui nu era cu nimic ieșită din comun și nimeni din afara familiei sale nu știa despre moștenirea sa genetică și talentele sale nerafinate.

Ellen ridică din nou din umeri și își conduse mașina spre parcarea pentru vizitatori ce se găsea lângă clădirea lui Jay.

—Trebuia să știu cine ești și în cam ce fel de afaceri ești implicat.

Frână și apoi se întoarse spre el cu jumătate de zâmbet pe chip.

—Hai să te ducem acasă, uriașule. Acolo voi vedea ce pot face pentru tine. Și dacă mai ai și alte întrebări, îți voi răspunde și la ele.

—Chiar sper că acesta este doar un eufemism, mormăi Jay și își desfăcu centura de siguranță cu degete nu prea sigure.

—Voi pretinde că nu te-am auzit, replică Ellen pe un ton sever. Așteaptă până ajung la ușa ta. Nu mi-ar place deloc să văd cum te împrăștii pe caldarâm. Cred că mi-ar fi mai ușor să te proptesc decât să te adun de pe jos, îl avertiză ea și ieși din mașină.

Femeia nu știa cât de încăpățânat era bărbatul așa că se grăbi să ajungă pe partea lui cât mai repede posibil și răsuflă ușurată. Jay nu încercase să iasă din mașină, ci o așteptase.

Cel puțin are ceva minte în căpșorul lui frumos, reflectă ea, deschizându-i ușa. *Desigur, nu mai este atât de arătos acum, însă,* observă ea cu regret.

Ellen îi întinse mâna lui Jay și îi făcu semn să o apuce de braț.

—Aruncă-ți picioarele afară din mașină mai întâi, îl sfătui ea. Lasă-te pe mine și eu te voi ajuta să te ridici în picioare.

Jay se strâmbă când își mișcă picioarele. Era sigur că va vedea amprenta ghetelor acelor haidamaci pe coapsele și gambele sale. Îi luă brațul lui Ellen cu o mână și apoi se împinse afară din mașină cu un geamăt profund.

Ellen își încordă picioarele pentru a susține greutatea lui Jay și îl susținu până ce acesta reuși să stea în picioare. După ce s-a asigurat că nu va cădea în nasul pe care îl avea deja rupt, tânăra femeie îi făcu semn să se sprijine de mașină pentru ca ea să poată închide ușa. Apoi, își petrecu brațul lui peste umeri și începură drumul chinuitor spre ușa de la intrare în clădire.

—Presupun că aceasta este una dintre clădirile acelea scumpe cu un birou de primire în holul de jos, spuse Ellen. Nu am fost în interiorul clădirii, recunoscu ea.

—Presupunerea ta este corectă, îi replică Jay pe un ton sec. Bărbatul nu se prea simțea în largul lui știind că ea îl urmărise pentru o vreme.

Când ajunseră la intrare, Ellen oftă. Așa cum bănuia, aveau nevoie de un card magnetic pentru a pătrunde în interior.

—Mai ai cardul magnetic pentru ușa de la intrare? îl întrebă ea.

Jay bătu cu palma peste buzunarul jachetei și spuse:

—Da, este chiar aici.

Ellen își dădu ochii peste cap, iar mai apoi își scutură capul.

—Crezi că ușa se va deschide singură dacă acel card rămâne în buzunarul tău? îl întrebă ea.

—Nu fii răutăcioasă, mormăi el, scoțând cardul din buzunar și înmânându-i-l. Am creierul în ceață, spuse el printre dinți. Am crezut că ai arăta mai multă compasiune pentru starea mea prezentă.

—Ești așa cum ești din cauza obiceiurilor tale proaste, nu din cauza mea, i-o întoarse ea pe un ton dur.

—Obceiuri proaste? întrebă Jay cu uimire. Care obiceiuri proaste?

—Ştii foarte bine că vorbesc de practicarea jocurilor de noroc, sublinie Ellen. Este un lucru ce creează dependenţă şi nici nu este prea prielnic sănătăţii, după cum ai aflat în seara aceasta, îl dăscăli ea.

—Mulţumesc, mamă, spuse Jay printre dinţi. Voi încerca să ţin minte.

—Mai bine ai face-o, nu dădu Ellen deloc înapoi. Data viitoare s-ar putea să nu mai fiu acolo ca să te scot din necaz.

—Până atunci, ai de gând să deschizi nenorocita aia de uşă? întrebă Jay pe un ton sarcastic. Simt că mă prăbuşesc şi crede-mă când îţi spun că nu m-am mai simţit vreodată aşa, o avertiză el.

Ellen îşi scutură capul, iar coada îi săltă şi îi atinse bărbia lui Jay. Un miros slab de flori sălbatice îi tachină nasul bărbatului, iar Jay trase adânc aer în piept.

CAPITOLUL DOI

D upă ce au parcurs cu greutate holul de intrare al clădirii sub expresia șocată a omului de la biroul de primire, cei doi s-au bucurat de o călătorie ceva mai relaxată cu liftul spre etajul 27. Ellen s-a mulțumit să-l proptească pe Jay de peretele cabinei și s-a bucurat de șansa de a-și trage răsuflarea. Pur și simplu, femeia își proptise o mână în pieptul lui pentru a-l menține în picioare.

Cei douăzeci de metri de la lift până la apartamentul lui Jay le-a luat puțin mai mult. Îndată ce au intrat în apartament, Ellen îl conduse pe bărbat spre canapeaua mare din camera de zi și îl ajută să ia loc.

Jay se pleoști pe canapea și își propti capul de spătarul acesteia, țințându-și mâinile pe coapse. Oftă cu ușurare, iar degetele îi zvâcniră pe picioare, atrăgându-i atenția lui Ellen.

Ochii ei poposiră pe coapsele musculoase ale bărbatului timp de câteva secunde, iar apoi femeia își scutură capul pentru a și-l limpezi. Trebuia să se concentreze pe alte lucruri.

Ellen îi supraveghie pieptul pentru a se asigura că respirația nu îi era îngreunată, dar spre mâhnirea ei, bărbatul părea să nu poată trage aer adânc în piept.

—Jay, să nu cumva să adormi, îi porunci ea pe un ton autoritar, iar apoi aplecându-se deasupra lui, îi scutură umărul.

Bărbatul își deschise ochiul bun și o privi pe femeie cu neplăcere. Jay era obosit și îl durea trupul peste tot. Pierderea conștiinței părea extrem de atractivă pe moment. Își imagină că nu ar mai fi simțit nimic dacă ar fi adormit.

—Acum ce mai vrei? pufni el, holbându-se la Ellen pentru că nu putea să o vadă cum trebuie.

Mai mult decât atât, femeia o fi fost mlădie ca o salcie, dar se dovedea extrem de autoritară, iar omului nu-i plăcea acel lucru prea mult pe moment. Pe de o parte, o dorea acolo cu el, dar pe de altă parte, simțea că i-ar fi plăcut să o vadă dispărând afară pe ușă.

—Îmi pare rău, uriașule, dar trebuie să-ți scoți hainele, replică Ellen cu regret în voce, vârfurile degetelor ei alintându-i chipul pentru o clipă.

Buzele lui Jay zvâcniră cu amuzament reținut. Apoi își șterse orice expresie de pe chip pentru a nu se trăda și îi spuse:

—Și mie îmi pare rău, iubito. Nu spun că nu mă atragi, pentru că ar fi o minciună. Mă ispitești ca naiba, dar mi-e teamă că nu aș fi capabil să fac absolut nimic pe moment, îi explică el pe o voce plină de regret.

—Vrei să mă faci să uit că ești deja bătut și să te pocnesc? îl întrebă Ellen enervată, trăgându-se în spate, iar una dintre sprâncenele ei se arcui pe frunte.

—Nu ai fi atât de rea, își scutură el capul cu grijă. Amețeala pe care o simțea nu îi permitea să facă mișcări bruște.

—Ha! Nu conta pe așa ceva, lătră ea la el, iar ochii ei migdalați îl fulgerară cu mânie. Scoate-ți hainele! Trebuie să văd ce ți s-a întâmplat. După aceea, dacă este necesar, indiferent de ce ai spune, eu tot chem o ambulanță, îl avertiză Ellen.

—Nu am nevoie de ambulanță, protestă Jay pe cât de ferm putu. Vei vedea că sunt bine, o asigură el pe Ellen și încercă să-și scoată jacheta.

Dar din păcate, degetele refuzară să-l asculte, iar el nu reuși să-și desfacă cei doi nasturi ce îi mai rămăseseră prinși de jachetă. Ceilalți fuseseră rupți în timpul bătăii.

Ellen oftă și se aplecă peste el. Îi descheie haina cu rapiditate și când termină, îl trase pe Jay spre ea și i-o scoase, astupându-și cu încăpățânare urechile la gemetele lui. *Nu am voie să mă gândesc că îl doare. Trebuie să văd în ce stare este.*

Ellen deja văzuse rezultatele de suprafață ale bătăii sălbatice pe care bărbatul o primise. Știa că haidamacii îi spărseseră nasul și buzele. Acum era interesată să vadă în ce stare îi erau și coastele.

Femeia îl convinse să rămână în aceeași poziție, cu capul pe umărul ei, până ce îi scoase și cămașa. Îi verifică spatele mai întâi și se strâmbă când ochii îi căzură pe niște vânătăi uriașe și furioase.

Indivizii aceia au știut unde să-l lovească, reflectă Ellen, scuturându-și capul cu mâhnire. *Bietul om va urina cu sânge timp de câteva zile,* se gândi ea, iar apoi îl împinse pe Jay cu grijă spre spătarul canapelei. După aceea, se îndreptă și își trecu vârful degetelor peste pieptul și coastele învinețite.

—Îmi place chestia asta, murmură bărbatul. Dacă nu apeși prea tare, este chiar foarte plăcut. Nu te opri, o imploră el.

Ochii lui Ellen se ridicară imediat spre chipul bărbatului. Pe limbă i se îngrămădiră cuvinte furioase și era gata să-l mustre. Dar atunci, observă plăcerea împletită cu durere de pe buzele lui, așa că nu mai spuse nimic. Cu toate acestea, își încreți buzele și își scutură capul.

Ellen păși îndărăt și spuse cu blândețe:

—Ai nevoie de un doctor, Jay. Indiferent de ce spui tu, continuă ea, dar el o întrerupse.

—Niciun doctor, Ellen, te rog. O vom suna pe sora mea. Am mai multă încredere în ea decât în orice doctor.

—Este medic? se interesă Ellen pe un ton îndoielnic.

—Într-un fel, replică Jay cu un zâmbet ironic pe buze. Telefonul meu mobil ar trebui să fie în buzunarul de la jachetă. Să sperăm că a supraviețuit, adăugă el cu tristețe.

Ellen ridică jacheta de unde o aruncase și îi pipăi buzunarele. Găsi telefonul care încă părea să funcționeze, deși ecranul i se spărsese, și i-l întinse lui Jay. Însă acesta nu părea să dea nici cea mai mică atenție gesturilor ei. Femeia oftă și îl întrebă:

—Cum o cheamă pe sora ta?

—Maggie, replică Jay. O vei găsi sub numele de Maggie.

—Bine de știut, i-o întoarse Ellen. Dar înainte de aceasta, aș avea nevoie de PIN-ul tău pentru a intra în meniul telefonului, observă ea cu frustrare.

—Oh, am uitat, spuse el blând, fără să se obosească să își deschidă ochii. Formează numai 2611.

Ellen introduse PIN-ul, iar ecranul telefonului se lumină și reveni la viață.

—Ai cam multe apeluri pierdute și mesaje, observă ea.

—Nu are nicio importanță acum, spuse Jay printre dinți și își flutură degetele.

Ellen îi aruncă o privire și își scutură capul. După aceea, deschise lista de contacte și găsi numărul lui Maggie aproape imediat. Formă numărul și îi întinse telefonul lui Jay.

—Poate că ar trebui să vorbești tu cu ea, remarcă ea cu sarcasm evident în voce.

Jay se mulțumi numai să își fluture mâna neglijent, iar apoi spuse:

—Și tu poți să o faci, la fel de bine.

Să gesticuleze cu degetele era singurul lucru pe care îl putea face fără ca să simtă dureri ascuțite peste tot.

Femeia își îngustă ochii, dar nu mai comentă, ci așteptă cu răbdare ca cineva să-i răspundă la apel. Când auzi mesageria vocală, acoperi receptorul și întrebă:

—Vrei să îi lași un mesaj?

—Nu prea, mormăi el, semn că încă nu adormise.

Ellen închise telefonul și își puse mâna liberă pe șold.

—Deci acum chemăm o ambulanță, decise ea, iar cuvintele ei îl treziră pe Jay la viață.

Acesta crăpă ochiul care încă se mai deschidea puțin și o străpunse pe femeie cu o privire nemulțumită.

—Sau, la fel de bine, am putea să-l sunăm pe Matt, îi contracară propunerea pe o voce morocănoasă.

—Este cumva doctor? se interesă pe un ton crispat.

Îngrijorarea pentru starea fizică a bărbatului o umplea de anxietate și deja își pierduse răbdarea.

—Matt? Nu, el este avocat, replică Jay cu o altă fluturare neglijentă a mâinii. Deja își închisese ochiul și un zâmbet îi apăru pe buze pentru câteva secunde.

—Și cum ar putea să te ajute un avocat acum? se răsti femeia la el. Poți să discuți cu el de dimineață dacă vrei să îi dai în judecată pe atacatori. Deși nu cred că ai ajunge prea departe cu așa ceva. Dar, în seara asta, ai nevoie de îngrijire medicală, punctă ea și lovi cu piciorul în podea pentru a da mai multă tărie opiniei sale.

—Asta am priceput și eu, replică Jay cu supărare în voce. Matt este avocat, dar soția lui a fost paramedic, crăpă el din nou ochiul pentru a o privi.

Ellen ajunse la concluzia că s-a cam săturat să simtă ochiul Ciclopului asupra ei și se strâmbă.

—Dacă a fost paramedic și nu mai este, înseamnă că nu a fost prea bună de la început, spuse ea disprețuitor, aplecându-și capul cu înțeles.

—Asta nu este frumos, replică Jay supărat, iar sprâncenele i se îmbinară pe frunte.

—Ce? Să spui adevărul? întrebă ea pe un ton dulceag.

—Asta nu înseamnă să spui adevărul, ci să judeci pe careva fără să cunoști persoana. Nora nu mai este paramedic pentru că a fost pusă în concediu medical prelungit. Un idiot a împușcat-o în timp ce Nora își făcea datoria, îi explică el pe un ton dur.

—Oh, îmi cer scuze, răspunse Ellen și se înroși, stânjenită că a vorbit fără a cunoaște toate detaliile. Și poate să te examineze?

—Evident că poate, răspunse el, iar tonul vocii lui arăta că era deja sătul de acea conversație inutilă. Doar sună-l pe Matt, spuse el printre dinții strânși.

Ellen nu comentă. Știa că probabil bărbatul avea dureri mari și de aceea reacționa ca un lup rănit. Căută prin lista de contacte de pe telefonul mobil al lui Jay și găsi numele lui Matt imediat după cel al lui Maggie.

Femeia spuse o mică rugăciune în minte pentru ca Matt să răspundă la apel înainte de a forma numărul. Știa că altfel va chema o salvare, iar Jay va exploda de furie. *Eh, mă voi descurca și cu asta când vine timpul,* reflectă ea.

—Hei, Jay. Care-i treaba? o voce masculină gravă se auzi pe linie. te-am sunat mai devreme, dar nu mi-ai răspuns.

—Îmi cer scuze că vă deranjez, domnule, începu Ellen să spună. Eu...

—Ce mama naibii? Unde ai găsit acest telefon? tună vocea bărbatului pe linie, întrerupându-i vorbele.

Ellen oftă profund și se strâmbă. Recunoscuse vocea unui bărbat obișnuit să dea ordine. Ochii ei zburară spre Jay de parcă ar fi căutat susținerea lui, dar bărbatul deja își sprijinise capul de spătarul canapelei și nu părea să îi mai dea nicio atenție.

—Nu am găsit acest telefon, domnule, replică ea tot pe un ton dur, pentru că, în fond, avea de-a face cu bărbați ca el în fiecare zi. Sunt cu fratele dumneavoastră în apartamentul său, dar el este puțin... indispus, să spunem, și de aceea v-am sunat.

—Ce i-ai făcut? tună vocea lui Matt puțin mai tare.

—I-am salvat pielea nerecunoscătoare, pufni ea.

—Și vrei bani acum? întrebă Matt cu dispreț.

—Ascultă aici, domnule, și ascultă bine, se ridică vocea lui Ellen cu o octavă. Nu te-am sunat ca să-ți dau ocazia să mă insulți. Fratele tău are nevoie de ajutor medical. A refuzat să meargă la spital, iar acum refuză să mă lase să chem o ambulanță. Jay spune că soția ta este paramedic. De aceea te-am sunat, își încheie ea tirada furioasă.

—Îmi cer scuze, răspunse Matt pe un ton mai calm. Vom ajunge acolo cam în zece minute. Este bine așa? întrebă el.

—Da, este bine, replică Ellen, uşurată că nu va mai fi singură cu bărbatul rănit şi că, cineva care ştia ce să-i facă acestuia, urma să vină.

—Vei sta acolo până ce venim, îi ordonă Matt, iar ea se strâmbă din nou.

—Nu pentru că mi-ai poruncit tu să stau, sublinie ea. Aş fi stat oricum. Nu mi-am încheiat afacerile cu fratele tău încă.

—Şi ce afaceri ar fi acelea? întrebă Matt cu suspiciune.

—Asta este între noi doi, între Jay şi mine. Nu este treaba ta, replică ea cu ţâfnă şi întrerupse convorbirea nepoliticos.

—Da, Ellen, ce afacere ar fi aceea? vocea lui Jay îi ajunse la urechi, iar ea îşi întoarse ochii spre el.

—Deci nu dormeai, trase ea concluzia.

—Nah, nu pot. Să fiu sincer, totul doare. Aş fi extrem de fericit să leşin chiar acum, dar se pare că aşa ceva nu este în cărţi pentru mine, gesticulă Jay cu mâna.

Ellen îşi scutură capul şi puse telefonul celular pe masa de cafea.

—Ce este cu tine şi cărţile de joc? De ce eşti atât de obsedat de ele?

Jay ridică din umeri şi imediat şuieră.

—Drace, chiar doare. Să-ţi răspund la întrebarea ta, cărţile de joc sunt singurul lucru pe care pot să-l văd cu claritate, replică el pe un ton colorat de durere.

—Ce vrei să spui? îşi aplecă Ellen capul într-o parte cu confuzie.

—Acesta este un răspuns pentru altă dată, replică el cu un oftat.

CAPITOLUL TREI

Matt își păstră promisiunea și sună la interfonul lui Jay zece minute mai târziu. Recunoscând vocea omului, Ellen apăsă butonul pentru a-l lăsa să urce la apartamentul lui Jay, iar în câteva minute acesta ciocăni la ușă.

Ellen îi deschise ușa și, spre surpriza ei, se trezi în fața unui grup de patru persoane. Sprâncenele i se arcuiră pe frunte, iar ochii i se plimbară de la o persoană la alta.

Cei doi bărbați și cele două femei o priviră și ei cu curiozitate. Femeia ținea ușa deschisă cu o mână, dar nu păși înapoi pentru a le permite să intre în casă. Nu se grăbi deloc, ci îl analiză pe fiecare în parte cu atenție, ceea ce aduse diverse expresii pe chipurile vizitatorilor.

Mai întâi, ochii lui Ellen îl analizară pe bărbatul cu păr închis la culoare, a cărui gură se strânsese, trădându-i nemulțumirea pentru că era ținut la ușă. *Și ce dacă?* reflectă ea cu nepăsare.

Ellen observă că bărbatul era destul de înalt și umerii săi destul de lați. Și totuși, trebui să admită că acesta nu avea musculatura celuilalt de lângă el.

Când își mută privirea spre cel de-al doilea individ, un bărbat blond masiv, observă că acesta își fixase ochii albaștri de gheață asupra ei, fără ca măcar să clipească. O cicatrice se întindea pe o parte a feței lui, vorbind despre un trecut mai pătat, iar ochii lui Ellen se lărgiră ușor.

Hmm, nu ar trebui să mă mir de ce fel de prieteni are Jay, reflectă ea cu sarcasm. *Doar este un cartofor, în fond.*

Și totuși, o măcina gândul că îl judeca pe Jay fără a avea toate faptele. De obicei nu se grăbea să judece pe cineva sau să își facă o părere fără a avea întregul tablou înaintea ochilor.

Dar atunci când era vorba de Jay, Ellen nu prea avea mintea limpede. Bărbatul atinsese un loc deosebit în inima ei încă de când îi căzuseră ochii pe el pentru prima dată. Totuși, femeia refuza să își analizeze prea îndeaproape reacțiile și sentimentele vis a vis de Jay, temându-se de ceea ce ar fi putut descoperi.

Ellen observă că uriașul ținea de mână o femeie cu părul de culoarea mierii, în timp ce bărbatul cu părul întunecat avea brațul în jurul umerilor unei roșcate. Gesturile lor îi stârniră invidia, deși nu ar fi putut spune precis de ce. Ochii lui Ellen mai trecură o dată de la unul la altul, iar sprâncenele i se arcuiră întrebător.

—Eu sunt Matt, bărbatul cu părul întunecat o informă după ce trecuseră vreo două minute, iar femeia nu spusese și nu schițase niciun gest.

Ochii lui de un albastru intunecat o străpunseră direct. Mai apoi, el își întinse mâna spre Ellen.

—Am vorbit la telefon, îi reaminti el, sperând ca aceasta să renunțe la a-i examina de parcă ar fi fost mostre într-un muzeu și să se dea la o parte pentru ca ei să poată intra în apartament. Nu prea se vedea trecând prin ea ca să ajungă la fratele său.

—Eu sunt Ellen, îi strânse ea mâna bărbatului. Și da, îmi amintesc că am vorbit la telefon. Văd că ai adus întăriri, observă ea malițios, iar colțurile gurii i se ridicară. Ți-era teamă că v-aș lua prizonieri, și pe tine și pe soția ta, cu o singură mână?

Ochii lui Matt se îngustară, iar buzele lui se strânseră și mai mult când cuvintele femeii se întregistrară în mintea lui. Buzele bărbatului blond masiv tresăriră, dar acesta își stăpâni amuzamentul și interveni înainte ca Matt să se poată răsti la femeie.

—Sunt sigur că Matt a avut cu totul alte intenții în gând. De fapt, ne petreceam seara împreună, așa că am decis să îi însoțim pe Nora și Matt.

Ellen gesticulă neglijent pentru a-i îndepărta îngrijorarea și îi invită să intre înăuntru. Închise ușa după ei și apoi spuse:

—Jay este tot pe canapea, după cum puteți vedea, arătă ea spre camera de zi. L-am convins să se întindă pentru că nu am considerat că l-ar fi ajutat prea mult să stea în șezut. De asemenea, am împachetat niște gheață în prosoape și, în ciuda mormăielilor sale, i le-am pus pe față, se întoarse ea spre Nora, ghicind că ea era paramedicul. Vei vedea că unul dintre ochii lui este complet închis, iar celălalt nu mai are mult până ajunge acolo. Nu am găsit nimic altceva decât gheață în congelator. Probabil că nu mănâncă acasă, ridică ea din umeri.

—Da, ăsta este Jay, femeia cu părul de culoarea mierii răspunse cu un zâmbet larg. Se pare că Matt a uitat să ne prezinte. Eu sunt Becka, apropo. Acesta de aici, este soțul meu Bryan, își puse ea mâna mică pe pieptul uriașului. Cu Matt ai vorbit deja, iar aceasta, desigur, este Nora, soția sa, arătă ea spre roșcată.

—Eu sunt Ellen, replică femeia și îi zâmbi Beckăi.

I-ar fi fost imposibil să nu o placă pe femeia tânără și scundă, care îi lăsa impresia că abia a terminat liceul. Femeia părea sinceră, iar ochii ei ca ciocolata erau plini de căldură. Ellen nu înțelegea cum de Becka și Bryan ajunseseră împreună, dar văzuse ea lucruri mai stranii în timpul vieții ei.

Ellen dădu mâna cu toată lumea, iar apoi, nerăbdătoare, se întoarse spre Nora, punându-și mâinile pe șolduri.

—Nu crezi că ar trebui să-l examinezi pe Jay? întrebă ea pe un ton aspru, aplecându-și capul spre trupul lui Jay ce zăcea pe canapea.

Sprâncenele lui Matt se adunară pe frunte. Bărbatul nu știa ce să mai creadă de mâna aceea de femeie, dar un lucru era clar: nu îi prea plăcea că era atât de autoritară.

Nora își puse mâna pe brațul lui pentru a-i opri orice comentariu. Matt își întoarse ochii spre ea, iar soția lui își scutură capul și îi șopti:

—Nu o lua personal. Este numai îngrijorată pentru fratele tău.

—Nasul lui este rupt, îi informă Ellen pe un ton agitat. Cred că și coastele îi sunt fisurate. Respirația îi este mai superficială decât mi-aș fi dorit, gesticulă ea.

—Nu te mai îngrijora, o liniști Bryan, punându-i o mână pe umăr. Jay este puternic și își va reveni curând, o să vezi. Mă voi ocupa eu de nasul lui, adăugă el cu o voce liniștitoare.

Ellen se trase înapoi, iar ochii i se lărgiră când îi auzi cuvintele.

—Ce vrei să spui? întrebă ea, iar anxietatea îi făcu vocea să tremure.

Femeia nu credea că i-ar fi plăcut maniera lui Bryan de a se ocupa de nasul lui Jay.

—Doar îl voi pune la loc, ridică uriașul din umeri și se apropie și mai mult de canapea.

Dar Ellen păși în fața lui și îl opri.

—Nu cred. Nu te las să-l rănești mai mult decât este, se răsti ea la el.

Colțurile gurii lui Bryan se întoarseră în sus. Își mușcă buza superioară și întrebă pe un ton sec:

—Și cum m-ai putea opri să îi pun nasul la loc?

—Cu pistolul dacă este necesar, replică ea cu hotărâre.

—Nu te mai agita atât de mult, Ellen, veni vocea lui Jay din spatele ei, iar femeia se întoarse spre el. Bryan știe despre ce vorbește. Îmi imaginez că va durea ca naiba, dar ce să mai spun, ridică el din umeri. Doare și acum.

—Ești sigur? îl întrebă Ellen. Nu îl voi lăsa să te atingă dacă nu vrei, îl asigură ea.

—Mi-ar place să văd chestia asta, murmură Jay. Din păcate, nu pot vedea mare lucru acum, spuse el cu tristețe.

Nora se apropie de Ellen și îi atinse brațul.

—Nu te teme, Bryan nu îl va răni. Nasul trebuie pus la loc, pentru că altfel, Jay va rămâne cu nasul strâmb și tot îl va durea. Dă-mi voie să-i arunc o privire, încercă ea să o convingă pe femeie să se dea la o parte pentru a ajunge la Jay.

—Ce naiba? interveni Matt cu un ton dur. O mut eu cu forța dacă este necesar.

Ellen se uită la el pieziș. Își puse mâinile pe șolduri și își îndreptă umerii.

—Încearcă chestia asta, uriașule. Hai să vedem ce poți face împotriva mea.

—Are ceva îndrăzneală, observă Jay și Bryan izbucni în râs.

Becka îl împunse pe soțul ei în coaste.

—Taci, Bryan.

—Dar nu am spus nimic, protestă el.

Jay dădu deoparte prosoapele de pe faţa lui cu un geamăt şi spuse:

—Bine, acum. V-aţi distrat suficient cu toţii. Aşteptând atât de mult să fiu examinat mă ucide. Hai să trecem la muncă, oameni buni, îşi încheie el tirada aproape şoptind.

Ellen se grăbi spre el şi îşi petrecu vârfurile degetelor peste fruntea lui.

—Te doare mai rău acum? îl întrebă ea pe un ton mai blând.

—Într-un fel, da, admise Jay şi îşi puse mâna peste a ei pentru a o ţine unde era.

Mâna femeii era rece şi catifelată, iar el se simţea bine sub atingerea ei. Ceilalţi patru observară interacţiunea dintre cei doi tineri cu curiozitate, iar sprâncenele lui Matt se arcuiră din cauza uimirii.

—Când v-aţi întâlnit voi doi? întrebă el pentru că nu-şi mai putea stăpâni curiozitatea.

Ellen sări la o parte de parcă ar fi fost vinovată de ceva, iar Jay gemu.

—A trebuit tu să-ţi deschizi gura aia mare, îi reproşă el fratelui său. Niciodată nu ai ştiut când să o ţii închisă, mai adăugă el cu un alt geamăt.

—Bine atunci, hai să vedem cum eşti, spuse Bryan.

—Nu eşti tu paramedicul, remarcă Ellen pe un ton uscat.

—Dar el ştie cum arată un trup care a fost bine bătut, replică Jay.

—Nu mă îndoiesc de asta, îşi arătă Ellen acordul cu evaluarea făcută de el.

Becka se încruntă și interveni pe un ton furios. Ellen nu s-ar fi așteptat la așa ceva din partea ei.

—Bryan este luptător sportiv și antrenor. Orice altceva ai crezut despre el este pur și simplu eronat.

Ellen își ridică mâinile și replică:

—Nu am intenționat să arăt niciun fel de lipsă de respect.

—Ba da, ai vrut, spuse Bryan liniștit. Însă nu acest lucru este important acum, observă el, aplecându-se peste Jay ca să arunce o privire mai atentă rănilor sale, iar Nora îl urmă.

Brusc, locul din jurul lui Jay deveni foarte aglomerat. Și totuși, Ellen nu își abandonă poziția și urmări cu atenție încordată gesturile lui Bryan. Bărbatul atinse petele înnegrite din jurul ochilor lui Jay. Acesta gemu din nou, iar mâinile lui Ellen se strânseră în pumni. Gura i se încreți și teama îi sclipi în ochi.

—Da, nu vei vedea cine știe ce vreo câteva zile, trase Bryan concluzia. Niște fleici ar fi bune. Acestea ar diminua umflăturile, explică el.

—Merg să cumpăr câteva, spuse Matt. E un Metro prin apropiere și știu că este deschis douăzeci și patru de ore.

—Așa să faci, își întoarse Bryan capul spre el. Considerând ce ne-a spus Ellen, poate că ar trebui să cumperi și ceva de mâncare. Jay nu va fi capabil să iasă câteva zile dacă nu mai mult. Ar trebui să cumperi ceva ce ar putea mânca fără prea mult efort. Din câte îmi amintesc, și Jay e la fel de bun la gătit ca și tine, adăugă el cu un zâmbet, iar Nora și Becka râseră. Desigur, îi pot pregăti ceva acum că sunt aici și pot reveni mâine cu mai multă mâncare gătită, propuse el, dar Ellen își scutură capul.

—Nu va fi necesar. Mă descurc destul de bine prin bucătărie așa că mă pot ocupa eu de mâncarea lui.

Ceilalți patru o priviră uluiți, dar Jay surâse. Îi plăcea felul în care gândea femeia. Matt dădu din cap încruntat și apoi se întoarse spre soția lui.

—Mă întorc curând, iubito.

Îi sărută buzele, iar apoi îi ridică mâna la gură și își trecu buzele și peste degetele ei. Ellen încercă să nu privească, dar acțiunile bărbatului o fascinau. Se întoarse spre Bryan când îi simți ochii pe ea, iar apoi se înroși. Bryan surâse și reveni la examinarea lui Jay, în timp ce Matt părăsi apartamentul.

—Da, nasul tău e rupt, Jay, concluzionă el. Ține-ți respirația, își sfătui prietenul, iar apoi, cu o mișcare bruscă, îi îndreptă nasul.

Ellen tresări când zgomotul neplăcut răsună în încăpere, iar mâna ei o prinse pe a lui Jay de parcă ar fi vrut să îi ofere suport acestuia. Jay gemu profund, iar lacrimi îi apărură în colțul ochilor.

—Vezi, s-a făcut, își ridică Bryan ochii spre Ellen și observă paloarea chipului ei. Îmi pare rău, dar este mai bine acum, spuse el pe un ton blând.

Ellen se mulțumi să dea din cap, mușcându-și buzele, iar degetele i se contractară pe ale lui Jay.

—Dar ce spui de coastele lui? întrebă ea pe un ton pierit.

—Sunt doar învinețite, după părerea mea, spuse Bryan și se întoarse spre Nora.

Nora își trecu mâinile peste pieptul și coastele lui Jay și dădu din cap în semn de aprobare.

—Desigur, o radiografie ar fi mai precisă decât evaluarea noastră, spuse ea, ridicându-și ochii spre Jay, care își scutură capul.

—Niciun spital, spuse el printre dinți. Radiografii înseamnă spital.

—Dar dacă ai coastele fisurate..., începu Ellen să spună, dar Jay își scutură capul și gemu.

Capul continua să îl doară, iar zumzetul din creierul lui se intensifica ori de câte ori făcea vreo mișcare cu capul.

—Bine, decise Bryan. Îi vom lega coastele strâns și ar trebui să fie în regulă în vreo câteva zile, chiar dacă are coastele fisurate. Ar face exact același lucru și la spital, ridică el din umeri.

Și totuși, Ellen ezită câteva secunde. Nu era atât de sigură că Jay ar trebui să evite spitalul dacă avea coastele rănite. Nora îi atinse mâna și spuse:

—Va fi bine. Bryan are dreptate.

Ellen își întoarse ochii spre Bryan, care încă mai aștepta răspunsul ei. Femeia dădu din cap că era de acord, iar umbra unui zâmbet apăru pe buzele lui Bryan.

—Ai niște cearceafuri de care te-ai putea lipsi? se întoarse el spre Jay după aceea.

—Am un set alb. Mama le-a cumpărat pe celelalte și mi-ar tăia capul dacă le stric, îl preveni el pe Bryan.

—Mă voi uita în dulapul tău cu lenjerie, anunță Becka și părăsi camera de zi.

Ellen privi după ea cu curiozitate. Nu înțelegea de ce Becka îi cunoștea apartamentul lui Jay atât de bine.

—Este verișoara lui Jay, o informă Bryan pe o voce liniștită.

Ellen se înroși, nesimțindu-se în largul ei să vadă că omul putea să-i scaneze mintea fără prea multă dificultate.

—Când nu îți controlezi trăsăturile, chipul tău este foarte expresiv, iar gândurile îți sunt ușor de ghicit, îi explică Bryan cu un surâs.

—Asta e bine de știut, replică Ellen pe un ton încordat, supărată pe sine însăși că și-a pierdut concentrarea, astfel permițându-i uriașului să vadă ce-i trecea prin minte.

Becka se întoarse cu un cearceaf alb și i-l înmână lui Bryan.

—Ai nevoie de foarfeci? îl întrebă ea, iar soțul ei zâmbi, își scutură capul și luând cearceaful din mâna ei, îl făcu fâșii rapid.

—Și aceasta te va durea, uriașule, îl avertiză el pe Jay, trăgându-l în șezut și ignorându-i gemetele. Nu mai fi papă lapte, mormăi el către Jay.

Ellen se așeză alături de Jay pe canapea și îi prinse mâna. În același timp, se încruntă la Bryan, considerând că maniera sa de a trata un rănit nu era corespunzătoare, mai ales ținând seama de condiția lui Jay.

—Nu ar trebui să-l mustri. Este rănit, se răsti Ellen la Bryan.

—Ha! exclamă Jay. De parcă tu nu m-ai tratat la fel, observă el cu malițiozitate.

—Atunci trebuia să ne grăbim, replică femeia. Dacă îți amintești, cei cinci haidamaci s-ar fi putut întoarce să termine ce începuseră.

—Deci te-ai bătut cu cinci indivizi, trase Bryan concluzia.

—Mai mult sau mai puțin, îi răspunse Ellen. Mai degrabă, indivizii aceia l-au bumbăcit bine. A ajuns la pământ în doi timpi și trei mișcări, îl informă ea pe Bryan, iar Jay se strâmbă.

—Și tu ai gura mare, spuse el, iar Ellen se mulțumi să ridice din umeri.

—Ți-am spus că ar trebui să vii la sală, își scutură Bryan capul. Trebuie să știi să te protejezi, omule.

—În special în domeniul tău de activitate, interveni Ellen din nou.

—Vrei să taci din gură? se răsti Jay la ea, furios de acum.

—Ce domeniu de activitate? se interesă Becka.

—Nimic, dădu din mână Jay neglijent. Doar ceva ce i-a intrat în capul ei tare.

—Nu-mi spune că ai început să joci jocuri de noroc din nou, se încruntă Becka la el. Ai mai luat bătaie din cauza asta. Nu ți-ai învățat lecția încă?

—Încetează să-mi mai ții predici, mamă, mormăi Jay.

Prea obosit și prea muncit de dureri, acesta nu se simțea capabil să asculte sfaturile nimănui.

Bryan își scutură capul spre Becka, lăsând-o să înțeleagă că își irosea energia. Apoi, cu ajutorul lui Ellen, începu să-i lege coastele lui Jay strâns, fără să dea nicio atenție la mormăielile bărbatului. Când termină, Jay era complet epuizat și se lăsă pe spate pe canapea.

—Nu ai prefera dormitorul? îl întrebă Becka.

Omul doar își flutură degetele în semn de negație, iar apoi oftă ușurat că sesiunea de tortură încetase.

—Va trebui să ții feliile de carne pe față, îl sfătui Bryan. Știu că miros oribil, dar carnea crudă te va ajuta pe termen lung.

Jay își flutură din nou mâna fără să se angajeze în niciun fel. Chipul lui Bryan se înăspri, dar Ellen spuse:

—Voi avea grijă să o facă, nu te teme.

—Intenționezi să rămâi aici peste noapte? se interesă Nora uimită.

—Da, voi rămâne, replică Ellen pe un ton ce provoca pe oricare dintre ei să îi respingă dorința de a rămâne acolo cu Jay.

—Asta este bine, atunci, îi aprobă Bryan hotărârea. Va trebui să îl verifici de cel puțin vreo două ori în timpul nopții. Știi cum să verifici pe cineva ca să vezi dacă a apărut vreo problemă ca rezultat al unei contuzii?

Ellen aprobă tăcută cu o mișcare a capului, iar apoi își trecu degetele prin părul lui Jay din nou. Ceilalți trei se priviră unul pe celălalt cu înțeles.

—Ce ar trebui să-i spunem mătușii Marjorie, Jay? întrebă Becka după aceea, iar bărbatul se crispă.

—Nimic. Nici măcar nu menționați numele meu. Nu-i amintiți de existența mea pentru câteva zile, da? se îmbulziră cuvintele sale unul după celălalt.

—Cine este mătușa Marjorie de te agiți atât de mult când îi auzi numele? se interesă Ellen, percepându-i anxietatea.

—Mama lui, o informă Nora cu un zâmbet în voce. Ar veni peste în forță el dacă ar afla ce i s-a întâmplat, explică ea.

—De aceea o voiam pe Maggie, bombăni Jay din nou. Ea știe să-și țină gura închisă.

—Iar noi nu știm? își ridică Bryan sprânceana stângă.

—Tu știi, dar ceilalți nu, replică Jay furios.

—Frumos din partea ta, îl plesni Becka peste umăr, iar ochii lui Ellen se rotunjiră. Nu te teme, îi spuse Becka. Nu a simțit nimic. Oricum, Maggie nu este în Toronto, Jay. Te-a sunat mai devreme să îți spună că se duce în nord.

—Ce mama naibii face acolo? își întredeschise Jay ochiul, surprins de veștile Beckăi.

—Asta nu a mai spus, își scutură Becka. O știi pe Maggie. Îi place să țină totul secret. A spus că nu va avea acoperire pentru telefon acolo. Altfel, te-ar fi sunat deja. Este imposibil să nu fi simțit că ai probleme.

—Cum ar putea simți așa ceva? se minună Ellen, iar ochii i se măriră.

—Sunt gemeni, o informă Bryan pe un ton sec.

—Ah, înțeleg, replică ea.

Femeia auzise că, de obicei, gemenii împărtășesc o conexiune strânsă și nu mai puse la îndoială afirmația lui Bryan.

—Unde naiba s-a dus Matt? întrebă Jay.

Nu-i plăcea că ceilalți îi ofereau prea multe informații lui Ellen.

—Nu te mai agita ca o femeie bătrână, i-o întoarse Becka. Se va întoarce curând.

—Nu-l putem aștepta fără să facem niciun fel de conversație? îi întrebă Jay, holbându-se la ei prin fanta îngustă a ochiului său.

—Oh, acum înțeleg care este problema, râse Becka. Mai bine ai grijă să nu mă superi, Jay. Altfel, îi spun lui Ellen absolut tot ce știu.

Jay își flutură mâna spre ea nepoliticos, iar apoi își închise ochiul, resemnându-se. Nu avea niciun fel de control asupra situației. Nu se îngrijoră prea mult, totuși. Știa că Becka nu va putea divulga prea multe. Regulile nu puteau fi încălcate.

CAPITOLUL PATRU

Jay se trezi cu un geamăt și își frecă fruntea cu vârfurile degetelor. Ar fi vrut să se frece și la ochi, dar, din fericire, își amintise imediat ce i se întâmplase și își trecu degetele prin păr în schimb.

Bărbatul făcu un efort să-și deschidă ochii, dar unul dintre ei refuza să-i asculte comenzile cu încăpățânare. Jay putea vedea foarte puțin prin celălalt și înjură furios.

Ușa de la baie se deschise și sunetul unor pași grăbiți pe podelele de lemn îi ajunse la urechi.

—Ești bine? o voce blândă de femeie îl întrebă, iar Jay își întoarse capul spre sunetul vocii ei.

Chipul lui Ellen apăru în raza lui vizuală, iar bărbatul observă atât îngrijorarea din ochii femeii, cât și linia severă a gurii ei.

—Ți se pare că arăt bine? bombăni el, iar Ellen îi prinse chipul în căușul palmei ei răcoroase. Atingerea ei îl liniști imediat.

—Știu că ai dureri, spuse ea blând, alintându-i maxilarul cu grijă ca să nu-l rănească. Sunt sigură că acum este mai rău decât seara trecută, își scutură ea capul cu tristețe. Matt ți-a adus niște Ibuprofen seara trecută și s-ar putea să te ajute, adăugă ea.

—Da, voi lua două sau trei chiar acum, decise Jay pe loc.

Își simțea capul de trei ori mai mare decât în mod obișnuit și dureri ascuțite îi străpungeau nasul și coastele. Totul îl durea mai rău decât cu o seară în urmă, iar iritarea îi crescu.

Ellen râse și îşi scutură capul.

—Îmi pare rău, uriașule, dar nu merge așa. Nu poți lua mai mult de o pilulă, iar aceasta numai după ce ai mâncat ceva.

—Chiar crezi că pot mânca acum? spuse Jay printre dinți, iar sprâncenele i se adunară deasupra ochilor cu mânie. Mă doare maxilarul și mi-e teamă că cel puțin unul dintre dinți mi se mișcă.

—Indiferent, vei mânca, repetă Ellen cu încăpățânare. Îți voi pregăti niște fulgi de ovăz.

—Cine te-a făcut pe tine șeful? o întrebă bărbatul, supărat din cauza atitudinii ei autoritare.

—Tu, când ai luat bătaie în mijlocul unei alei întunecate și nu ai mai putut ieși din încăierare, îi răspunse ea pe un ton sec.

—Frumos, remarcă Jay. Îmi vei aminti de chestia asta până la sfârșitul zilelor presupun, spuse el cu amărăciune.

—De ce nu? ridică Ellen din umeri. Nimeni nu te-a împins de la spate să joci cărți într-un cuibar de hoți. Acum va trebui să suporți reproșurile mele malițioase.

—Nu ai altceva de făcut? Să mergi pe undeva? o întrebă Jay cu arțag, deși știa că se dovedea nu numai nerecunoscător, dar, de fapt, și mincinos pentru că, în realitate, îi plăcea să o aibă pe femeie alături de el.

Aceasta era atrăgătoare și îl mâncau degetele să le treacă prin coama ei de culoarea mierii sau peste pielea ei palidă și mătăsoasă. Când femeia își fixa ochii aceia migdalați asupra lui, chiar dacă o făcea numai ca să îl admonesteze, se întâmplau lucruri stranii în partea inferioară a abdomenului lui.

—Nu prea, își scutură Ellen capul, iar cuvintele ei îl readuseră pe Jay înapoi la lumea reală. Este sâmbătă, așa că sunt liberă să fac ce vreau, iar eu vreau să te plictisesc pe tine, ridică ea din umeri cu nonșalanță. Acum, oprește-te din bombănit și hai să te ducem la baie. Te vei simți mai bine după un duș, își plesni Ellen mâinile pentru a-l face să se miște.

Jay se uită urât la ea și își aplecă capul pe o parte.

—Sper că nu îți trece prin gând să îmi faci baie, spuse el cu uluială.

—Nu, evident, își scutură ea capul, roșind violent. Chiar sper că poți face duș singur și că nu vei avea nevoie de ajutorul meu, remarcă ea.

Jay rânji când observă roșeața răspândindu-se pe tot chipul femeii. *Deci acesta este secretul de a o face să dea înapoi. Trebuie să spun ceva care să o stânjenească.*

Bărbatul se împinse în sus de pe canapea, iar picioarele îi tremurară. Coastele îi protestară cu tărie când se încordă încercând să-și mențină echilibrul, iar el icni prelung.

—Ești sigur că ești în regulă? se interesă Ellen pe un ton plin de îngrijorare și se pregăti să-l prindă dacă ar fi căzut.

Numai Dumnezeu știe dacă voi supraviețui în caz că aterizează peste mine, reflectă ea.

Deja îi simțise greutatea și nu credea că va fi capabilă să îl susțină. Și totuși, femeia era decisă să încerce pentru că nu putea să-l lase să cadă și să-și rupă nasul încă o dată.

Mă îndoiesc că ar mai putea trece încă o dată prin ideea lui Bryan de îngrijire medicală, își spuse sieși.

Jay se mulțumi numai să gesticuleze pentru a o îndepărta, iar apoi cu o mână pe torso pentru a-și susține partea dreaptă, începu să-și târască picioarele spre baie. Simțea nevoia să-și perie dinții pentru a scăpa de gustul metalic din gură. Omul își aminti că sărise peste acel ritual în seara precedentă așa că nu se miră de gustul dezgustător pe care îl simțea pe limba lui.

Trebuia de asemenea să-și verifice dinții și spera că durerea constantă din maxilar se datora gingiilor învinețite și nu din cauza vreunui dinte lovit. Jay întotdeuana urâse să meargă la dentist și, de aceea, avea mare grijă de dinții lui. O vizită la dentist o dată la șase luni pentru un detartraj era mai mult decât suficient pentru el.

Ellen îl urmă, deși la o oarecare distanță pentru că nu intenționa să-i dea idei greșite. Jay părea să aibă tendința să ia totul într-un anumit fel.

Jay închise ușa de la baie în fața femeii și rânji răutăcios. Era adevărat că Ellen avea pasul foarte ușor, dar el tot fusese conștient că se afla în spatele lui. Existau anumite lucruri pe care niciodată nu le împărtășise cu o femeie și nu avea chef să înceapă să o facă tocmai atunci.

Relațiile lui Jay fuseseră întodeauna destul de superficiale și nu treceau niciodată mai departe de o noapte sau două petrecute în același pat cu o anumită femeie. Bărbatul avusese mereu grijă să nu zăbovească în așternutul vreuneia mai târziu de zorii zilei și nu invitase nicio femeie în sanctuarul său pentru că prefera să nu aibă complicații.

Omul nu știa ce simțea despre prezența lui Ellen în casa lui, iar ceața din mintea lui nu-i permitea să analizeze situația prea mult. Așa că puse toate acele gânduri deoparte și decise să se ocupe de treburi mai presante.

Jay se privi în oglindă și se încruntă. Gama de culori și amprentele de pumni de pe chipul lui îi aminteau de o pictură abstractă. El nu fusese niciodată prea plăcut impresionat de acel gen de artă.

Își întoarse capul în stânga și în dreapta, strângând din dinți din cauza disconfortului pe care acele mișcări îl provocau. Apoi, ajunse la concluzia că Bryan avusese dreptate.

Fleicile acelea înfiorător de dezgustătoare și-au făcut treaba, dădu el din cap, în ciuda amețelii care îl cuprinse imediat.

Jay își aruncă apă rece pe chip și șuieră de durere, însă își dădu și seama că apa rece îi mai alina durerile.

Chiar că trebuie să încep să mă antrenez cu Bryan. Să-mi fie rușine că a fost necesar ca să vină o fată să-mi salveze pielea, se mustră el în timp ce-și peria dinții. *Cel puțin încă mai am toți dinții,* reflectă el, trecându-și limba peste ei.

Din fericire, doar gingiile îi fuseseră rănite ca urmare unui pumn bine plasat. Niciun dinte nu fusese ciobit sau desprins din gingie.

Când termină, Jay se întoarse spre stalul de duș și oftă profund. Deja se simțea extenuat, iar picioarele îi tremurau din cauza propriei sale greutăți, așa că nu prea mai avea chef să facă și duș.

Ellen pare destul de capabilă să-mi dea o baie cu buretele dacă nu fac duș, se gândi el cu sarcasm și deschise ușa de sticlă de la stalul de duș.

Brusc, se opri, își înclină capul, iar apoi reflectă: *Chiar ar fi atât de rău? Nah... Mai bine mă spăl singur. Nu mi-este chiar așa de ușor să o am tot timpul atât de aproape de mine. Mai bine mă lipsesc de alte probleme,* decise el și intră hotărât în stalul de duș.

CAPITOLUL CINCI

Când Jay păși în bucătărie, Ellen privea gânditoare afară pe fereastră, ținând în mână o cană de cafea de care părea că uitase complet. Simțindu-i sosirea, femeia se întoarse spre el și îi zâmbi.

—Acum arăți mult mai bine, recunoscu ea, iar ochii ei trecură peste părul lui creț, care era încă umed, și barba nerasă ce îi acoperea chipul.

Ellen știa foarte bine că bărbatului nu-i surâdea să se bărbierească. Îl mai văzuse arătând astfel înainte, iar înfățișarea lui dezordonată nu era doar rezultatul întâlnirii neplăcute pe care o avusese cu haidamacii din noaptea precedentă.

—Asta nu înseamnă că mă și simt mai bine, se răsti Jay la ea.

Cuvintele ei nu îl supăraseră, dar el era pur și simplu necăjit că razele soarelui se jucau cu părul femeii, astfel invitând idei nesănătoase în mintea lui.

Dușul îl învigorase și îi mai ostoise unele dintre dureri. Acum, Jay se mișca mult mai ușor, iar senzația că i se transformaseră picioarele în spaghetti dispăruse.

Se îndreptă spre insula din bucătărie și se așeză pe unul dintre taburetele de bar, în fața căruia Ellen deja pusese un castron cu fulgi de ovăz și o ceașcă de cafea. Bărbatul se strâmbă și analiză conținutul castronului cu suspiciune.

—Nu sunt copil mic, se încăpățână Jay să spună, întorcându-și capul spre Ellen și încruntându-se la ea.

Femeia ridică din umeri și se întoarse spre masă cu pași agili. În același timp, ochii ei trecură peste trupul bărbatului plini de apreciere.

—Într-adevăr nu ești un copil mic, replică ea. Și totuși te-ai plâns că nu ai putea mânca nimic solid, așa că asta a fost singura mâncare disponibilă în casă pentru cineva în situația ta. Discută problema cu fratele tău autoritar. El a cumpărat fulgii de ovăz. Am avut impresia că ar fi vrut chiar să îmi dea o listă cu instrucțiuni aseară, nu se putu ea abține să își exprime neplăcerea față de Matt, chiar dacă observase că nu prea îi convenea lui Jay să audă comentariul ei. Și mai mult de atât, adulții mănâncă fulgi de ovăz dimineața tot timpul. Aproape toate cafenelele îl au în meniu acum, sublinie Ellen, punându-și ceașca pe tejgheaua de vizavi de Jay.

—Ei bine, eu nu mănânc așa ceva la micul dejun, replică Jay cu încăpățânare.

—Îmi imaginez că ai prefera să-ți începi diminețile cu un pahar mare de whiskey, îl străpunse ea pe bărbat cu ochiii îngustați.

—Pari să gândești ce este mai rău despre mine, observă Jay cu tristețe și își scutură capul cu grijă.

Amețeala nu îi părăsise încă capul și nu avea chef să pice cu fața în bolul cu fulgi de ovăz. Dar, în ciuda acelui fapt, iritarea îi crescuse de când se trezise, iar omul era sătul de disprețul constant al lui Ellen.

Ellen se mulțumi să ridice din umeri și sorbi din cafeaua ei.

—Este posibil să par că gândesc ce este mai rău despre tine, dar hai să fim cinstiţi, Jay. Şi tu faci tot posibilul să mă faci să gândesc astfel, îşi flutură ea mâna în direcţia bărbatului.

Jay se hotărî să-şi umple gura cu fulgi de ovăz. Aparent, nu reuşea să facă altceva decât să-i dea mai multă muniţie femeii pentru a-l ataca.

Un surâs trecător înflori pe buzele lui Ellen, dar femeia îşi întoarse capul pentru că nu dorea ca Jay să-l vadă.

—Cafeaua ta este neagră, îşi aminti ea şi se întoarse spre el după câteva clipe. Ai vrea nişte zahăr sau lapte? se interesă ea.

Jay îşi scutură capul scurt şi continuă să mânânce grămada de fulgi de ovăz care îi insulta toate simţurile. I-ar fi plăcut un mic dejun substanţial, care ar fi inclus ouă, cârnaţi şi clătite, chiar dacă încă îl durea gura. Un gând îi traversă brusc mintea şi o privi pe Ellen speculativ.

—Hai să auzim, îşi înclină ea capul spre el. Văd că vrei ceva de la mine, remarcă ea.

—Nu vreau multe, spuse Jay pe un ton pierit.

—Atunci nu ai ezita să-mi spui ce vrei, sublinie ea, ridicându-şi sprâncenele în aşteptarea răspunsului lui.

—Ei bine, ceea ce vreau nu este mare lucru, mărturisi Jay. Problema este că nu ştiu dacă ai accepta sau nu.

—În regulă, mă ucide suspansul, îl îmboldi ea. Haide, spune.

—Există un restaurant plăcut pe Lower Simcoe. Servesc acolo un mic dejun uimitor, explică Jay cu entuziasm. Ai putea merge până acolo să cumperi câte o porţie pentru fiecare dintre noi. Sunt sigur că aceşti fulgi de ovăz nu prea te atrag nici pe tine. Nu am văzut niciun castron în chiuvetă sau pe contoar, așa că nu ai mâncat deloc, menționă el. Îți dau cardul meu de debit. Este contactless, așa că poți plăti cu el.

Ellen îl privi cu suspiciune pentru câteva clipe.

—În regulă, spuse ea într-un final, iar Jay care își ținea respirația, sperând totuși să obțină un răspuns pozitiv, oftă cu ușurare. Dar nu am nevoie de cardul tău, se gândi ea să specifice. Pot să plătesc pentru micul dejun eu însămi. Dar ceea ce vreau eu, este cheia de aici, își prezentă ea condițiile.

—Eu vreau să cumpăr micul dejun, așa că eu o să plătesc, spuse Jay pe un ton aspru, lovind cu degetul în tăblia tejghelei. Și din nou ai dovedit că ai o impresie oribilă despre mine. Chiar crezi că te trimit să cumperi micul dejun pentru ca să te pot închide afară din apartament? mai că mârâi el, rănit de lipsa de încredere a lui Ellen.

Ellen ridică din umeri.

—Nu aș exclude că ai fi capabil de așa ceva, replică ea pe un ton rece, fără niciun fel de inflexiune.

—Iar aceasta numai din cauză că m-ai văzut jucând cărți de câteva ori, replică Jay cu amărăciune, iar furia îi crescu. Știi ce? Nu ești nimic altceva decât o cățea ipocrită și plină de tine, șuieră el printre dinți, dorind să o rănească și el pe ea în același fel în care și ea îl rănise pe el.

—Eu nu te-am insultat, sări Ellen de pe taburetul de bar, iar pumnii i se încleștară de o parte și de alta a corpului.

—Nu, nu ai făcut-o. Tu ai o manieră mai subtilă de a jigni oamenii, îi replică Jay cu resentiment. Te-am auzit cum ai judecat pe toată lumea noaptea trecută și m-am cam săturat de asta. Uită de nenorocitul acela de mic dejun. Nu vreau nici porcăria asta de fulgi de ovăz. Vreau să dispari din apartamentul meu acum, lătră el, sătul de opiniile ei.

Jay se ridică în picioare pentru ca mai apoi să se îndrepte spre camera de zi. Ellen îl urmă, iar el se întoarse spre ea ca un taur înfuriat.

—Am spus că te vreau afară din casa mea acum, aproape că urlă el. Este necesar să chem omul de la recepție pentru a te scoate de aici? întrebă el pe un ton mușcător.

—Dar tot trebuie să vorbim, replică Ellen pe o voce pierită.

Jay se crispă atunci când observă paloarea femeii. Nu știa dacă o înspăimânta cu comportamentul lui, dar nu se obosi să o întrebe ce simțea în acel moment. El, unul, era agitat, iar tensiunea îi vibra în sânge. Avea nevoie să fie lăsat în pace.

—Altă dată, îi replică el pe un ton dur. Nu mă pot uita la tine acum. Poate când vei înceta să mai fii o cățea atât de critică, s-ar putea să avem un alt tip de discuție. Pe moment, mie, unuia, mi-a fost de ajuns.

Ellen tresări la vorbele lui și, simțindu-se oarecum vinovată, își coborî privirea pentru câteva momente. Femeia recunoscu că îl judecase tot timpul, dar nu era ceva ce ar fi putut schimba.

Să critice un cartofor îi era înscris în sânge. Nu putea nicicum să aibă gânduri bune despre un astfel de om. Jocurile de noroc reprezentau o adicție, iar ea nu avea nici cea mai mică înțelegere pentru cineva care era dependent de ceva, indiferent că era vorba de droguri, jocuri de noroc, băutură sau Dumnezeu știe ce altceva.

În ciuda asprimii lui Jay și a propriei sale culpabilități, femeia era decisă să nu cedeze în fața cererilor bărbatului din cauza circumstanțelor. Își scutură capul cu îndărătnicie, și spuse:

—Nu, nu te pot lăsa singur acum. Ai nevoie de ajutorul meu. După ce l-am gonit pe fratele tău noaptea trecută, spunându-i că mă voi îngriji de tine, pur și simplu, nu pot pleca, Jay. Îmi pare rău, dar nu pot, își scutură ea capul emfatic.

—Da, văd cum înțelegi tu să ai grijă de mine, i-o întoarse Jay cu sarcasm. Nu, mulțumesc. Sunt băiat mare, după cum tot ții să-mi amintești, așa că sunt destul de sigur că nu mă voi ofili dacă rămân singur. Chiar opusul. Aș putea să continui să trăiesc în afara închisorii. Mi-e teamă că îmi voi pune degetele în jurul gâtului tău grațios și te voi sugruma de-a binelea, se răsti el la ea.

—Jay, începu ea să spună, dar bărbatul își ridică mâna, oprindu-i cuvintele.

—Doar dispari de aici, Ellen. Îți mulțumesc pentru noaptea trecută. Da, probabil că mi-ai salvat pielea nenorocită. Recunosc acest lucru. Dar acum, nu te vreau aici, tăie el aerul cu mâna, uitând de toate durerile pe moment.

Ellen respiră profund, iar degetele îi tremurară. Încercă să își controleze expresia și trăsăturile pentru a nu trăda nimic din ceea ce simțea. După aceea, femeia se întoarse în bucătărie. Își luă ceașca de cafea de pe contoar și o duse la chiuvetă unde o spălă sub ochii șocați ai lui Jay, iar apoi părăsi bucătăria fără un cuvânt.

Jay o urmă afară din încăpere și o văzu luându-și geanta pe care o lăsase pe măsuța de cafea cu o seară înainte. Ellen nici măcar nu se obosi să-și arunce privirea spre el, ci, cu chipul împietrit, mărșălui afară din apartamentul lui, închizând ușa ușor în spatele ei.

Jay își încleștă pumnii și dinții de frustrare. Nu știa ce dăduse peste el pentru că nu îi stătea în fire să-și piardă cumpătul atât de ușor. Pocni cu pumnul drept în perete.

—La naiba, omule!

Înjură cu inventivitate când durerea se înregistră în mintea lui, iar apoi scrâșni din dinți. Mai apoi, își închise ochii timp de câteva secunde, gândindu-se la ce ar trebui să facă acum că rămăsese singur.

După ce se gândi la toate posibilitățile timp de câteva clipe, își luă telefonul de pe masa de cafea. Găsi numărul lui Matt în lista de contacte și îl formă. Matt răspunse imediat.

—Adu-mi un mic dejun adevărat, porunci Jay fără a se obosi să-și salute fratele, iar apoi închise telefonul, deconectând apelul.

Aruncă telefonul pe măsuța de cafea iritat, iar acesta alunecă și căzu pe podea cu zgomot. Jay doar ridică din umeri. Ecranul fusese deja fisurat așa că nu mai conta. Oricum ar fi cumpărat alt telefon imediat ce ar fi ieșit în lume din nou.

Omul merse încet spre canapea și se întinse cu grijă, precum un bătrân muncit de artrită. Își acoperi ochii cu brațul și se admonestă pentru că își pierduse calmul.

Jay regreta că o aruncase pe Ellen afară din casă într-un fel atât de urât. Pe lângă faptul că femeia îi salvase viața, o și plăcea cu adevărat. Poate chiar prea mult decât ar fi fost sănătos, recunoscu bărbatul. Ura faptul că a pierdut ocazia de a ajunge mai departe cu ea.

CAPITOLUL ȘASE

Jay părăsi blocul cu pas iute și trase cu nesaț aer în piept, bucurându-se să simtă aerul plăcut mirositor în plămâni. Bărbatul petrecuse ceva timp pe balconul său de-a lungul ultimelor zile, privind și mirosind lacul, dar, din păcate, a petrece timp pe balcon nu era tot una cu a se plimba printre oamenii din oraș. Chiar și aerul era diferit, iar mirosurile se dovedeau mai pregnante jos în stradă.

După ce rămăsese închis în apartament timp de mai bine de două săptămâni, abia aștepta să se poată plimba pe străzile întesate ale Torontoului. Iubea viața de noapte din marea metropolă, precum și șansa de a întâlni grupuri diverse de oameni, dar îi plăcea și șarmul particular al orașului într-o dimineață de sâmbătă.

Cea mai mare parte a oamenilor care îl cunoșteau pe Jay considerau că bărbatul reprezenta o enigmă. În ciuda profesiei sale, care invita la solitudine, el era, de fapt, o persoană foarte sociabilă.

Spre deosebire de alți artiști ca el, care își petreceau zilele în casele lor, desenând pe canava și imaginând diverse ploturi pentru povestirile lor, cea mai mare bucurie a lui Jay era să se amestece cu diferite grupuri de oameni. În mod obișnuit, ieșea în fiecare zi, iar acele ieșiri îi hrăneau procesul creativ.

Prietenii şi cunoştinţele sale variau de la tipul de intelectual scorţos, care dezbătea subiecte metafizice şi filozofice, până la un gang de motociclişti, mai interesaţi în a înfrunta şoselele şi în a simţi vântul în păr.

Îi lipsiseră lui Jay interacţiunile cu ei pe perioada recuperării sale şi bărbatul era mai mult decât sătul de singurătatea pe care şi-o impusese. Nu îndrăznise să pună piciorul afară din casă, ci încercase să se menţină cât mai sub radar, pentru că îi era teamă să nu cumva să audă mama lui ceva despre situaţia amărâtă în care se găsea.

Marjorie ar fi venit peste el şi, chiar dacă el i-ar fi apreciat mâncarea şi în mod deosebit deserturile, nu s-ar fi simţit prea confortabil cu privirile ei piezişe înspre vânătăile lui şi cu dezaprobarea ei tăcută. În cei douăzeci şi nouă de ani ai lui Jay, Marjorie perfecţionase arta de a-şi face copiii să se simtă vinovaţi fără a pronunţa un cuvânt.

În timpul acelor zile lungi, care pur şi simplu se târau şi îl înnebuneau, Jay îi văzuse mai mult pe fratele său, pe Becka şi pe Bryan.

Matt îl vizitase împreună cu soţia sa o dată la două zile. Şi cu toate acestea, punctul culminant al vizitelor lor fusese mâncarea pe o cumpărau din Chinatown pentru Jay.

Altfel, Matt îi predicase la infinit împotriva înclinaţiei sale de a juca cărţi. Jay îşi amintea cu amărăciune că fiecare vizită a lui Matt se încheiase cu o ceartă vocală, ce o plasa pe Nora în rolul de arbitru, pe care femeia îl ura.

Jay se întrebă când devenise Matt un ticălos atât de înţepat. În trecut, fratele lui era mult mai relaxat şi indiferent.

Becka și Bryan de asemenea trecuseră pe la el de câteva ori, iar Bryan chiar se obosise să-i și gătească. Omul era la fel de talentat ca și mama lui Jay în acel domeniu, iar Jay savurase fiecare fel de mâncare pe care Bryan i-l pregătise.

Nici Becka și nici Bryan nu-i ținuseră predici, dar prezența lor nu ar fi putut înlocui mulțimile de oameni de care Jay se bucura atât de mult în mod regulat.

Dispoziția lui Jay atinsese cel mai coborât punct posibil seara precedentă. Își petrecuse întreaga seară singur, mai mult jucându-se cu mâncarea chinezească pe care și-o comandase pentru că nu găsise altă soluție pentru a se hrăni.

Matt refuzase să vină și să-l vadă în seara aceea. Se părea că fratele său era încă îmbufnat din cauza ultimei lor ciondăneli, așa că Jay a trebuit să găsească singur o soluție pentru cina sa.

Mâncarea nu fusese foarte proastă, deși își promisese să nu mai comande de la acel restaurant în viitor. Dar de fapt, Jay nu se putea concentra nici pe puiul său picant, și nici pe filmul pe care îl alesese de pe Netflix mai devreme. Spre marele lui necaz, memoria lui Ellen îi invada mintea cu încăpățânare.

Gândurile bărbatului se întorseseră la Ellen cu o frecvență alarmantă în acele ultimele zile, însă, de fiecare dată, Jay găsise altceva de făcut sau încercase să își ocupe mintea cu altceva, astfel gonind gândurile tulburătoare despre femeie. Imediat ce reușise să stea în picioare fără dureri, iar vederea i se îmbunătățise, reîncepuse să lucreze la benzile lui desenate.

Jay refuza să se gândească la Ellen, chiar dacă ultimul adaos la numărul personajelor sale semăna straniu cu ea. Bărbatul nu uitase nici comportamentul critic al femeii și nici insultele pe care aceasta le împroșcase asupra lui.

În ciuda acelui fapt, asta nu însemna defel că nu i-ar fi plăcut să o aibă în fața ochilor din nou sau că nu s-ar fi bucurat să-i audă vocea. Femeia era chiar atrăgătoare și îl stârnea pe Jay la nivel primar, ceea ce îl înspăimânta și îl și incita în același timp.

În noaptea de dinainte, Jay nu mai reușise să împingă chipul lui Ellen undeva în spatele minții. Ochii migdalați ai femeii îl obsedau, iar ceva fremăta în abdomenul său inferior de fiecare dată când își amintea cum se simțise mâna ei pe fruntea lui.

Când și-a dat seama că nu se mai putea descotorosi de gândurile legate de Ellen, Jay se hotărâse că avea nevoie de o schimbare de peisaj. Trebuia să iasă din casă și să facă altceva, pentru ca să nu se mai gândească la ea.

Femeia se juca cu butoanele lui din ziua în care o întâlnise. Jay știa că se mințea pe sine însuși când spunea că era fericit că a dat-o afară din casă. De fapt, el își regretase gestul din clipa în care ușa se închisese în spatele lui Ellen.

Acum, omul nu mai știa unde să o găsească și nu putea începe să o caute prin toate secțiile de poliție. Oamenii l-ar fi considerat dus cu pluta. Așa că părea mai ușor să se convingă pe sine că dispariția ei era spre binele lui.

Oricum, trecuse deja timpul de când ar fi trebuit să iasă din casă. Vânătăile i se estompaseră, iar acum se mișca cu mai multă ușurință pentru că i se vindecaseră aproape de tot coastele. Doar din când în când mai simțea un junghi de durere, iar aceasta numai dacă făcea mișcări bruște.

O dată ce își plănuise următoarea mișcare, bărbatul aruncă cina la coșul de gunoi cu un gest nervos și se dusese la culcare.

Asta este. Voi ieși mâine dimineață și îmi revendic viața înapoi. Refuz să o las pe Ellen să-mi întunece zilele.

Jay decisese să nu ia o jachetă pe el și părăsise clădirea numai într-o cămașă de polo. Își băuse prima cafea a dimineții pe balcon și văzuse că soarele promitea, din nou, o zi frumoasă.

Vremea se schimbase rapid de vreo două zile. Încă o dată, Toronto se lăfăia în câteva zile surprinzătoare de vară tocmai la sfârșitul lui septembrie.

Cu mâinile în buzunarele de la pantaloni, Jay merse cu un pas suplu printre oamenii care se plimbau pe Harbourfront în acea sâmbătă dimineața. Toată lumea părea decisă să profite de acea zi neobișnuit de călduroasă. Nu se îndoia nimeni că vor veni ploile în curând, iar ieșirile lor pe malul lacului se vor rări sau vor înceta complet.

Indecis, Jay se opri în fața unui Tim Hortons. I-ar fi plăcut să ia micul dejun sau brunchul, dar nu era foarte sigur că i-ar fi fost poftă de un sendviș de la Tim's.

Omul blocă circulația vreo câteva minute, înregistrând absent cuvintele dulci pe care un grup de tineri i le adresă. Jay ridică din umeri cu indiferență. În fond, auzise el și mai rău de atât.

Brusc, își aminti de restaurantul *Joe Bird,* așa că se întoarse pe călcâie și o porni în direcția restaurantului. Jay se îndoia că ar fi fost destul de norocos să găsească un loc pe terasă la acea oră sâmbăta, dar spera ca norocul să i se schimbe.

E de mult vremea să mi se schimbe și mie norocul, scrâșni el din dinți cu frustrare.

După o plimbare rapidă spre restaurant, se găsi în fața unei fete care se ocupa de primirea clienților, dar aceasta părea deja extrem de stresată. Chiar înainte de a-și putea exprima dorința, tânăra femeie îl și informă că terasa era plină.

Jay își afișă pe chip cel mai atrăgător zâmbet al lui, dar femeia se uită la el fără expresie, neimpresionată de eforturile lui.

—Haide, încercă el să o convingă. Sunt sigur că Kelly m-ar ajuta dacă ar fi aici, spuse Jay, mai apoi felicitându-se pe sine în gând că și-a amintit numele celeilalte tinere care era însărcinată cu așezarea clienților la masă.

De fapt, omul vizitase restaurantul doar de două sau trei ori înainte și dăduse peste aceeași amfitrioană de fiecare dată doar din noroc pur.

Însă, cuvintele lui nu părură să o afecteze defel pe tânăra femeie. Aceasta doar își ridică o sprânceană perfect arcuită și îl privi cu condescendență, de parcă l-ar fi întrebat *Și ce dacă?*

Jay scrâșni din dinți cu mânie, ba chiar trebui să strivească o înjurătură urâtă ce i se urcase pe limbă și își strânse buzele, străpungând-o pe tânără cu o privire neagră.

—Hei, omule, bine ai revenit, un bărbat tânăr, cu părul de culoarea morcovului îl lovi pe Jay peste umăr.

Jay își întoarse ochii spre bărbat și îl recunoscu pe chelnerul care îl servise ultimele două dăți când fusese în restaurant.

—Se pare că nu sunt atât de bine venit, spuse Jay pe un ton uscat, aruncând o privire neagră spre femeia ce îi refuzase admiterea pe terasă. Amfitrioana voastră nu poate fi plictisită să-mi găsească un loc, avu el grijă să menționeze, conștient că era pur și simplu răutăcios, ceea ce evita în mod obișnuit.

—Oh, Ann abia ce a început să lucreze aici, știi. Nu ne cunoaște încă clienții obișnuiți, așa că te rog scuză-i comportarea, se grăbi individul să spună, gesticulând nerăbdător. Este adevărat că terasa este plină. Dar ar fi o problemă dacă te așez la masă cu altcineva? Am o masă de patru la celălalt capăt al terasei și este ocupată doar de o tânără, îl informă el pe Jay cu entuziasm, privindu-l plin de speranță.

Jay se strâmbă. Nu se simțea prea dornic să împartă masa cu o femeie necunoscută, care probabil s-ar fi așteptat la ceva conversație din partea lui. Tocmai se gândi să îi refuze oferta bărbatului și să plece în altă parte, când stomacul îi mârâi. Acel lucru îl hotărî să-i accepte propunerea, și își înclină capul pentru a-și arăta acordul.

Jay nu își mâncase cina în seara precedentă și băuse doar o cafea în dimineața aceea. Crezuse că va lua brunchul în oraș așa că nu se obosise să se uite și să vadă dacă mai era ceva rămas din ceea ce-i adusese Bryan ultima oară.

Chelnerul luă un meniu de pe masa amfitrioanei și îl invită pe Jay să îl urmeze.

Jay binecuvântă memoria ospătarului și dădu scurt din cap spre femeia de la masa de primire a oaspeților, iar aceasta îl privi cu ochii mari. Apoi, bărbatul îl urmă pe tânărul ospătar care își începuse plimbarea șerpuită printre mesele de pe terasă.

Chelnerul se opri chiar lângă o masă de la celălalt capăt al terasei, de pe partea cu lacul. O femeie stătea jos cu spatele spre Jay, iar inima lui se opri pentru o clipă. Coama deasă de culoarea mierii a femeii îi reaminti de Ellen.

La naiba, nici aici nu pot scăpa de amintirea ei, reflectă el, dar pașii lui mari continuară să acopere distanța dintre el și masă.

Jay ajunse acolo chiar la timp ca să audă răspunsul femeii la cererea chelnerului.

—Da, desigur, văd că este plin. Nu, nu mă deranjează, ridică femeia din umeri.

CAPITOLUL ȘAPTE

Acum, mâna dreaptă a lui Jay se strânse într-un pumn. Nu ar fi putut uita acea voce, iar când fața femeii se întoarse spre el, bărbatul avu dovada că presupunerile lui erau corecte.

Sunt blestemat, asta este, reflectă el cu mâhnire, iar ochii săi se fixară pe trăsăturile lui Ellen. *Știam eu că sunt blestemat, dar nu mi-am dat seama că nenorocitul de blestem se extinde și în acest domeniu,* se corectă singur, iar ochii i se îngustară cu neplăcere când își aminti de blestemul pus pe capul lui de către străbunica lui.

Și totuși, în același timp observă că ochii femeii se rotunjiseră, buzele i se depărtaseră ușor, iar o roșeață vagă îi colorase obrazul.

Mda, iubito, eu sunt. Cel puțin nu sunt singurul surprins aici, se gândi el, dând din cap spre Ellen, iar la colțurile gurii îi apăru umbra unui zâmbet, ce arăta că omul era satisfăcut de reacțiile ei.

Femeia încercă să spună ceva, dar până la urmă, își schimbă intenția și se mulțumi doar să îl salute și ea cu o mișcare a capului. Nu părea să fie în stare să deschidă gura.

—Oh, vă știți unul pe celălalt, interveni ospătarul cu bucurie în voce. Aceasta este nemaipomenit, bătu el din palme cu entuziasm.

Jay simți pornirea de a-l plesni pe tânăr peste cap. Nu înțelegea cum de era posibil ca bărbatul să nu vadă semnele de stânjeneală de pe chipul lui Ellen.

Și cu toate acestea, ridică numai din umeri pentru că nu putea face nimic pentru ea. Simțea nevoia să o cruțe de stânjeneală, dar aceea însemna să plece și să o lase singură, iar el chiar nu putea face așa ceva. Se gândise mult prea mult la ea în ultimele câteva zile.

—Ia loc, ia loc, îl invită tânărul pe Jay cu gesturi largi. Ți-ar plăcea să-ți aduc tot același meniu pe care l-ai comandat și mai înainte? întrebă el, iar ochii îi sclipiră cu speranță.

Jay se mulțumi să dea din cap. Nu se putea obosi cu citirea unui meniu chiar atunci pentru că era prea ocupat să o soarbă pe Ellen din priviri.

Chelnerul plecă frecându-și mâinile cu satisfacție. Își amintea că Jay lăsa bacșișuri bune. Poate că omul nu venise des în restaurant, dar ori de câte ori venea, lăsa un bacșiș dublu.

Jay se așeză în partea opusă de Ellen și își sprijini coatele de tăblia mesei. Acum ochii lui îi evitară pe ai lui Ellen cu artă și se întoarseră spre fâșia de nisip și umbrele de dincolo de balustrada ce separa terasa de promenada din lemn. Câțiva metri mai departe, lacul strălucea în lumina soarelui, iar pânze albe pătau orizontul.

Trebuie să ies din nou pe lac. Matt ar putea foarte bine să-mi împrumute iahtul lui, reflectă el. *Dacă nu, mai este și Bryan,* se gândi el când își aminti că Matt era supărat pe el pe moment.

Râsul a doi copii se amestecă cu vocea unei matroane care explica cu sfătoşenie diferenţele dintre două tipuri de loţiuni de corp. Un pescăruş îşi strigă nemulţumirea pentru că o raţă îi furase peştele chiar de sub ciocul lui, iar mai apoi, străpunse aerul pentru a se duce şi căuta un alt loc de pescuit.

În acelaşi timp, cu colţul ochiului, Jay o observa pe Ellen. Femeia părea să nu se simtă tocmai în largul ei, ba chiar se vedea că este agitată. Aceasta îşi luă ceaşca de pe masă cu o mână nu prea sigură şi o ridică la buze.

—Cum te-ai mai simţit? alese el chiar acel moment să o întrebe pe Ellen, întorcându-şi ochii spre ea brusc.

Jay avu satisfacţia de a o vedea pe femeie scăpând cana din mână, iar cafeaua îi stropi zdravăn bluza roşie. Ceaşca se sparse cu un sunet asurzitor, iar câţiva oameni de la mesele din jur se întoarseră să se uite la ei. Jay nu lăsă să se vadă deloc că ar fi fost impresionat de privirile lor fixe şi nu îşi luă ochii de la Ellen.

Chipul femeii deveni stacojie, iar ea gemu mâhnită.

—La naiba, exclamă ea, privind dezastrul cu ochii mari. Tocmai ce mi-am cumpărat această bluză, mormăi femeia, supărată şi înşfăcă un teanc de şerveţele încercând să-şi cureţe bluza.

—Petele tot vor fi vizibile, ridică Jay din umeri, fără să mişte nici măcar un deget pentru a o asista cu ceva. Chestia asta nu te va ajuta, continuă el.

—Taci din gură, Jay, se răsti Ellen la el şi aruncă şerveţelele pe masă, dându-şi seama că bărbatul avea dreptate. Trebuia să spele bluza ca să scape de pete.

Chelnerul cu părul ca morcovul apăru ca de nicăieri. Se grăbi spre masa lui Ellen şi a lui Jay, pregătit să o cureţe.

—Îmi cer scuze, își ridică Ellen ochii la el. Pur și simplu mi-a alunecat printre degete, îi explică ea cu tristețe. Desigur, voi plăti pentru ceașcă, se oferi ea, dar chelnerul îi alungă îngrijorarea cu un gest.

—Nu vă faceți griji pentru așa ceva. Se întâmplă accidente tot timpul. Voi curăța masa imediat, mai spuse el. Vă aduc o altă ceașcă de cafea după aceea, îi promise bărbatul lui Ellen.

—Cred că mai bine îmi plătesc nota și plec acum, își scutură Ellen capul.

Femeia era deja sătulă de propria ei neîndemânare și de felul stupid în care reacționa la prezența lui Jay la masă. Pur și simplu, se transformase într-o școlăriță stângace, iar aceea numai pentru că bărbatul o privea fix cu ochii săi întunecați și intenși.

—Nu, Ellen, interveni Jay imediat, iar anxietatea îi străpunse inima. Hai, mai bea o ceașcă de cafea cu mine, o opri el, nedorind să o vadă ridicându-se și ieșind din viața lui încă o dată.

—Și nici măcar nu v-ați mâncat brunchul, domnișoară, sublinie ospătarul. Vi-l aduc în câteva minute, îi promise el. Nu va trebui să așteptați prea mult.

—Dar, dar... începu ea să se bâlbâie din cauza agitației, dar apoi, Jay își puse mâna peste a ei și îi opri bâlbâiala.

—Nu te mai agita, Ellen. Stai jos și relaxează-te. Omul ne va aduce mâncarea curând, iar apoi vom putea vorbi, spuse Jay, iar ochii lui îi susținu privirea fără șovăială ca și cum ar fi provocat-o să îi refuze invitația.

Ellen nu îi răspunse. Își strânse buzele și își retrase mâna de sub degetele lui Jay. Femeia își puse mâinile în poală resemnată și îi permise chelnerului să curețe masa.

În ciuda reacției ei, continuă să îl privească pe Jay, întrebându-se ce urmărea acesta. Cu nici două săptămâni în urmă, bărbatul efectiv o aruncat-se afară din apartament, iar acum dorea ca ea să rămână cu el la masă. Era mai schimbător decât vântul.

Femeia dorea să discute cu el, dar nu știa ce subiect de conversație avea acesta în minte. Se îndoia că intențiile lor erau similare.

Jay se lăsă pe spate în scaun și își sprijini mâinile de coapse. Nu își luă ochii de pe chipul lui Ellen nici măcar pentru o clipă.

Când chelnerul termină cu curățirea mesei și îi lăsă singuri, Jay se aplecă în față și își uni mâinile pe masă.

—Deci, hai să ne întoarcem la întrebarea mea anterioară, surâse el, știind că lui Ellen nu-i va place abordarea lui. Ce ai mai făcut? Cum ai fost?

Femeia își linse buzele și se mulțumi să ridice din umeri cu indiferență. Și totuși, își dădu părul pe după urechi cu degete nervoase. Privirea atentă a lui Jay o făcea să se simtă prea conștientă de sine. Ura faptul că trebuia să rămână în fața lui purtând cămașa pătată. Simțea ca și cum unul din zidurile ei de apărare se prăbușise la picioarele ei.

Jay ridică o sprânceană, îmboldind-o pe Ellen să spună ceva.

—Am fost bine, replică ea într-un târziu bosumflată. Ce ai crezut? Că mă voi închide în casă și voi plânge numai pentru că m-ai dat afară din casa ta? spuse ea mânioasă, iar ochii îi sclipiră cu resentimente reținute.

—Nah, îi replică Jay, fluturându-și degetele. Nu pari să fii genul care stă și plânge.

Ellen își aplecă capul pe o parte și se interesă cu curiozitate:

—Și cum crezi tu că arăt?

Își regretă întrebarea imediat. Ellen mai că se aștepta ca el să spună ceva răutăcios și Jay nu o dezamăgi.

—Ca și cum te-ai fi dus să mă cercetezi puțin mai mult. Deși nu știu ce schelete crezi tu că ascund în dulap, îi replică Jay pe un ton dur.

—Eram sigură că nu te vei putea abține să nu te iei de mine, replică ea pe un ton plin de amărăciune. Nici măcar nu m-am gândit la tine, îl minți ea pe Jay, privindu-l drept în ochi.

Jay râse și își scutură capul.

—Știi să minți, sunt de acord. Dar data viitoare, dacă vrei să te și cred, nu mai încerca să mă și intimidezi cu privirea în același timp, o sfătui el în bătaie de joc.

—Sunt ofițer de poliție așa că știu să mint convingător, i-o întoarse ea pufnind.

—Probabil că marea parte a ofițerilor de poliție știu să mintă, o corectă el ridicând din umeri. În mod cert, cel ce ți-a spus că știi să minți convingător este un mincinos desăvârșit el însuși. Nici măcar nu ți-ai dat seama că nu-ți spunea adevărul, rânji el.

Femeia își strânse pumnii în poală și își mușcă limba pentru a-și opri o înjurătură ce părea gata să i se rostogolească de pe buze. Jay se mulțumi doar să își miște sprâncenele în sus și în jos spre ea și râse.

—Nu vrei decât să mă superi, trase ea concluzia, aplecându-și capul cu curiozitate.

Bărbatul o aprobă cu o mișcare a capului.

—Îmi place să-ți văd reacțiile, îi mărturisi el. Urăsc să te văd rece și distantă, îi explică el.

—Nu sunt rece, îi respinse el cuvintele, iar sprâncenele i se adunară deasupra ochilor.

—Mi se pare interesant că nu negi că nu ești abordabilă, notă Jay pe un ton plin de înțeles.

Ellen doar ridică din umeri cu indiferență. Știa că îi ținea pe oameni la distanță. Nu merita efortul să lase pe cineva să îi devină prea apropiat. Fără excepție, oamenii o răneau. Își amintea că Jay făcuse exact același lucru și nu cu mult timp în urmă.

—Mă întreb de ce oare, spuse bărbatul și se aplecă și mai mult peste masă.

—Ce? se prefăcu ea să nu îi înțeleagă cuvintele.

—Haide, doar știi despre ce vorbesc, își flutură el degetele spre ea.

—Ah, știu despre ce vorbești acum, pretinse ea că abia i-a prins înțelesul vorbelor, iar Jay râse, scuturându-și capul pentru a o lăsa să înțeleagă că nu îl putea prosti pe el.

Ellen se strâmbă și își întoarse privirea spre lac pentru câteva clipe. Își adună gândurile, iar apoi își întoarse din nou privirea spre el.

—Nu îmi prea place să discut acest subiect, se hotărî ea să spună. Dar, ce naiba, dacă insiști... Oamenii se rănesc unii pe alții invariabil. Este mai bine să nu permiți nimănui să se apropie prea mult de tine, îi explică ea cu tristețe.

—Cine te-a rănit, Ellen? o întrebă Jay, nedorind să dea subiectul la o parte, din moment ce curiozitatea lui față de femeie tocmai crescuse și mai mult.

Femeia iar ridică din umeri, iar apoi spuse pe un ton ferm:

—Tu, de exemplu.

—Când ți-am cerut să pleci, trase Jay concluzia.

Ellen aprobă cu o mişcare a capului, deşi nu era tocmai sigură că era o idee bună să mărturisească faptul că el avea puterea de a o răni.

—Eram rănit şi mă durea absolut tot corpul, replică bărbatul sec. Iar tu nu făceai nimic altceva decât să mă judeci pe baza faptului că m-ai văzut jucând cărţi, preciză el.

—În mod repetat, sublinie ea.

—În regulă, în mod repetat, acceptă el. Dar acel lucru nu mă defineşte în totalitate, nu-i aşa? Ştii măcar cu ce altceva mă ocup? o întrebă el pe Ellen, iar sprâncenele i se urcară pe frunte.

Bărbatul nu avea niciun fel de iluzii. Dacă femeia fusese decisă să îl verifice, se aştepta ca aceasta să-i fi cotrobăit prin casă pentru a vedea ce altceva putea găsi. Iar el nu era genul de om care să încuie uşile pentru a-i ţine pe oameni departe de afacerile lui. Nici măcar nu se obosea să îşi ferece studioul.

—Nu prea, admise ea. Am aflat numai numele tău, adresa ta şi faptul că ai o familie destul de mare. Atâta tot. Nu am putut afla dacă ai vreo slujbă sau..., îşi desfăcu ea braţele.

—Haide, trebuie că mi-ai căutat prin apartament în timp ce eu eram leşinat pe afurisita aia de canapea, o contrazise Jay cu maxilarul încordat. Nu îi plăcea să fie luat de fraier.

—M-am gândit la asta, mărturisi ea, dând din cap scurt.

—Şi? se interesă el pe un ton de voce care arăta că nu ar fi crezut-o dacă ar fi negat că a căutat prin casă.

—Nu am putut-o face, îşi scutură ea capul. Părea... nu ştiu, repetă ea pe o voce mai puternică. Pur şi simplu nu am putut s-o fac. Ţi-am văzut numai camera de zi, baia şi bucătăria. Nu am intrat în dormitoarele tale, îl informă Ellen.

—Dormitoare? se încruntă Jay.

—Mai ai încă trei încăperi, nu-i așa? afirmă Ellen cu incertitudine. Ușile păreau să ducă la alte camere. Nu puteau fi debarale, își scutură ea capul. Ușile de la debarale arătau diferit.

—Da, ai dreptate. Acelea sunt camere, dar numai două dintre ele sunt dormitoare, sublinie bărbatul.

—Oh, dar biroul se găsește în colțul camerei de zi, observă ea confuză.

—Și, ce-i cu asta? își aplecă Jay capul pe o parte cu un surâs amuzat în colțul gurii.

Ellen îl privi uluită câteva secunde, iar apoi își flutură mâna.

—Chiar nu are nicio importanță, spuse ea pe un ton blând.

Jay își scutură capul cu încăpățânare și replică ironic:

—Mă îndoiesc să nu aibă importanță pentru un ofițer de poliție ca tine.

—Ei bine, de fapt... se înroși Ellen, începând să spună ceva, dar apoi observă că venea chelnerul cu comanda lor și se opri.

—Ce, Ellen? își ridică Jay sprânceana stângă întrebător.

—Comanda noastră a sosit, îl avertiză ea și se lăsă pe spate în scaun pentru a-i permite chelnerului să pună mâncarea pe masă.

CAPITOLUL OPT

—De fapt ce, Ellen? insistă Jay cu încăpăţânare după ce ospătarul părăsi masa lor.

Ellen îşi ridică ochii confuzi spre el, iar Jay îşi flutură degetele cu nerăbdare.

—Nu crede cumva că am uitat că erai pe punctul de a spune ceva chiar înainte să ne fi venit comanda, o avertiză el, nedorind să o lase să se strecoare fără a spune ceva. S-ar putea să fi fost eu lovit în creştetul capului acum două săptămâni, dar memoria încă îmi funcţionează bine, se gândi el să menţioneze.

—Nu era mare lucru, ridică Ellen din umeri. Se părea că îşi schimbase părerea şi nu dorea să îi mai împărtăşească acel lucru.

—Nu, nu, nu merge aşa, o contrazise Jay, scuturându-şi capul şi întinzându-se după ceaşca lui de cafea. Tu ai deschis acest subiect, aşa că acum trebuie să spui tot, zise el şi sorbi din ceaşca lui, pentru ca după aceea, să o privească peste marginea ceştii.

—Pot foarte bine şi să închid subiectul dacă vreau, i-o întoarse ea morocănoasă.

—Nu după ce mi-ai incitat interesul, îşi scutură Jay capul din nou. Doar nu vrei să mor şi să pic peste farfuria ta cu mâncare numai pentru că nu ai vrut să îmi satisfaci curiozitatea, îi spuse el aproape şoptit, ochii lui alergând comic de la stânga la dreapta, ca şi cum nu ar fi vrut ca altcineva să audă ce spunea.

—Nici gând să-mi doresc așa ceva. Bineînțeles că nu vreau să te văd ofilindu-te și dându-ți obștescul sfârșit pentru că nu ți-ai putut stăpâni curiozitatea, râse Ellen.

Dar după aceea, deveni serioasă și își luă și ea ceașca de cafea în mână. Sorbi din lichidul fierbinte gânditoare, iar degetele de la cealaltă mână i se încleștară într-un șervețel.

Jay înțelese că ce avea femeia de spus o necăjea, iar degetele lui le acoperiră pe ale lui Ellen pentru a o ajuta să se relaxeze.

—Care este problema, Elle? se interesă el blând. Ce s-a întâmplat.

Femeia își ridică ochii spre el confuză când îi auzi apelativul.

—Elle ți se potrivește mai bine, ridică Jay din umeri. Pentru mine, tu ești Elle.

Cel puțin, așa m-am gândit eu la tine, continuă el în gând.

—Nimeni nu m-a numit Elle înainte, spuse ea.

—Acesta este un lucru bun, dădu Jay din cap. Vei fi Elle numai pentru mine, decise el.

Intensitatea pupilelor întunecate ale bărbatului mai că îi fură femeii răsuflarea, iar degetele ei tremurară în mâna lui Jay.

Bărbatul își scutură capul pentru a și-l limpezi, iar apoi își retrase mâna de peste a ei. Sorbi din nou din cafea pentru a-i da timp femeii să se adune, dar continuă să o observe cu atenție.

—Mi-am dat demisia din poziția de ofițer de poliție, spuse Ellen și își ridică ochii spre el.

—Când? se încruntă Jay, mărturisirea ei având darul de a-l șoca. Nu părea genul de femeie care să renunțe la munca ei datorită unui capriciu.

—Lunea de după ce te-am adus pe tine acasă, revelă ea cu o ridicare din umeri.

—De ce? o întrebă bărbatul, iar în vocea lui se putea simți uimirea.

—Am considerat că nu puteam să îndeplinesc prea multe în acea poziție, replică ea sec și își luă furculița pentru a-și ataca ouălele, baconul, cartofii prăjiți și salata.

—Ce vrei să faci, Elle? o întrebă Jay și începu și el să-și mănânce prânzul de asemenea.

Și cu toate acestea, ochii lui nu îi părăsiră chipul femeii nici măcar o secundă sau două.

—Vreau să dovedesc că proprietarul cazinoului unde ai fost bătut nu desfășoară afaceri curate, își întoarse ea ochii spre el.

Jay ridică din umeri și spuse după ce înghiți:

—Niciun proprietar de cazino nu are o afacere cinstită sută la sută, sublinie el cu indiferență.

—Poate, concedă Ellen. Dar vreau să dovedesc că acesta organizează jocuri cu intenția de a-i spolia pe anumiți oameni, continuă ea pe un ton dur.

—Te pot asigura eu că asta este adevărat, îi spuse Jay. Exact acest lucru intenționase să îmi facă și mie în noaptea când m-au caftit. Probema este că eu nu pot fi trișat, adăugă el și își îndesă o bucată de bacon în gură.

Ellen îl privi cu perplexitate, ba chiar își scutură capul, convinsă că nu l-a auzit corect.

—Ce vrei să spui? se hotărî ea să întrebe.

Jay își înfipse niște ou în gură pentru a câștiga timp.

Chiar trebuia să-ți deschizi gura ta mare, se admonestă el pe sine.

Acum chiar trebuia să găsească ceva de spus pentru că Ellen nu era femeia care să lase subiectul baltă fără a mai investiga puțin mai mult.

—Știu că încerci să țeși o povestire plauzibilă, Jay, îl avertiză ea. Nu poți să-mi spui adevărul direct?

El își scutură capul, iar Ellen se încruntă. Nu prea se aștepta ea ca el să-i spună adevărul, dar nici nu credea că ar fi atât de sincer în legătură cu aceasta.

—Hai doar să spunem că simt când cineva vrea să mă escrocheze și să lăsăm lucrurile așa, se decise Jay să spună.

—Ha! pufni Ellen cu dispreț. I-am mai auzit pe alții vorbind despre instinctul necesar într-un joc de cărți, dar din câte am văzut eu, asta nu este nimic decât o grămadă de.... gunoi, își edită ea cuvintele, iar Jay rânji.

—Nu este necesar să îți măsori cuvintele cu mine, spuse el aproape șoptind, aplecându-se în față. Nu sunt o violetă care se va ofili, să știi, îi făcu el cu ochiul.

—Nu schimba subiectul, îi replică Ellen pe un ton dur, punându-și furculița și cuțitul pe farfurie pentru că brusc nu se mai simțea capabilă să înghită.

—Nu schimb subiectul, ridică Jay din umeri. Problema este că nu ai crede adevărul chiar dacă aș vrea sau aș putea să ți-l împărtășesc. Așa că mai bine rămânem la instinct. Problema ta, însă, este diferită, sublinie el. Nu prea ai cum să dovedești că individul organizează astfel de jocuri.

—Dar trebuie să o fac, îl contrazise ea brutal.

—De ce? își ridică Jay o sprânceană întrebător. Și apropo, nu mă deranjează dacă vei continua să și mănânci în timp ce îmi explici de ce, arătă el cu furculița spre farfuria ei, iar apoi o folosi ca să-și mai bage ceva mâncare în gură.

Ellen se înroși ușor și își flutură degetele după aceea.

—Nu mi-este foame, replică ea.

—Desigur că îți este, i-o întoarse bărbatul. Nu ai fi comandat meniul *pick me up* dacă nu ți-ar fi fost.

—Ei bine, mi-era atunci, pufni ea. Nu mai îmi este acum, sublinie Ellen.

—Asta nu o mai cred, o contrazise Jay, scuturându-și capul emfatic.

—Oh, pentru numele lui Dumnezeu, poți să uiți de mâncarea mea? se răsti femeia la el.

—Nu pot, admise Jay. Nu cred că te-ai îndopat după ce ai luat numai trei înghițituri, își scutură el capul.

—Nu-mi spune că ai numărat de câte ori am ridicat furculița la gură, îl privi ea chiorâș.

—Poți crede acest lucru, dădu bărbatul din cap. Absolut tot ceea ce faci are atenția mea nestrămutată, Elle, îi mărturisi el. Acum, fii fată bună și continuă să mănânci. Evident, poți, de asemenea, să îmi și explici de ce e atât de important pentru tine să dovedești că proprietarul organizează acele jocuri. Poți să o faci printre îmbucături, o sfătui el pe un ton care s-ar fi potrivit mai bine pentru împărtășirea secretelor universului.

Ellen se strâmbă. Jay era mai rău decât un terrier cu un os înfipt între dinți. Lumina din ochii lui nu lăsa loc negocierilor defel. Femeia împunse o bucată de bacon cu nervozitate și și-o îndesă în gură ca să îl facă să înceteze cu cicălirea ei.

—Ești satisfăcut acum? întrebă ea după ce o mestecă cu furie.

—Sunt departe de a fi satisfăcut, îi replică Jay. Va trebui să muncești puțin mai mult pentru aceasta, adăugă el cu un surâs, iar ochii ei îl fulgerară cu mânie.

Neimpresionat, bărbatul gesticulă spre ea să continue să mănânce, iar apoi el își termină rapid porția din farfuria lui. Nu o mai îmboldi să vorbească și nu mai spuse nimic până ce nu a terminat tot ce avea în fața lui. Apoi își luă ceașca și își bău și cafeaua.

Jay puse ceașca înapoi pe masă și se lăsă pe spate în scaun. Pentru prima dată, își luă ochii de la mâinile ei mici și privi spre lac, respirând profund.

La naiba, chiar mi-a lipsit chestia asta, oftă el în sinea sa.

Apoi, bărbatul își întoarse privirea spre Ellen. Femeia manevra tacâmurile cu gesturi nervoase, iar un surâs mic apăru în colțul gurii lui.

—Ce părere ai de niște vafe? o întrebă el pe Ellen.

Sprâncenele femeii îi săriră în sus pe frunte, iar furculița îi îngheță pe drumul spre gură.

—Chiar ai impresia că aș mai putea mânca și vafe? se interesă ea cu uluială în voce.

El ridică din umeri cu nonșalanță:

—De ce nu?

—Îmi pare rău, uriașule, dar nu sunt o gaură fără fund, își scutură ea capul. Ești de necrezut, mormăi ea.

Ellen își băgă furculița în gură, iar apoi o puse pe farfurie cu grijă. După ce înghiți, oftă profund și îi mărturisi:

—Pe bune, nu mai pot înghiți nimic.

—Mănânci prea puțin, își scutură Jay capul. De aceea ești atât de subțire.

Ea se încruntă la el, gata să îi dea o replică dură, dar el ridică mâna să o oprească.

—Nu am spus că nu îmi place ceea ce văd, o asigură el pe Ellen.

—Nu-mi pasă dacă îți place sau nu cum arăt, se răsti ea la Jay, iar buzele i se subțiară.

Bărbatul doar surâse și își scutură capul.

—Ba îți pasă, asta este sigur. Dar, după cum am spus deja, mie îmi place cum arăți.

—Ascultă aici, începu ea să spună încruntându-se, iar cu vârful unui deget bătu în tăblia mesei.

Însă Jay se aplecă înspre ea și îi luă degetele între mâinile lui, oprindu-i gestul. Acum femeia îl privi din nou uimită.

—Nu te supăra pe mine, fetițo, șopti bărbatul cu un surâs. Arăți foarte bine așa cum ești, iar tu o știi. Acum, dacă nu vrei să comandăm acele vafe, ce părere ai dacă plătim nota și mergem să ne plimbăm pe malul lacului iar apoi în Grădina Muzicală? propuse el. Asta, desigur, dacă nu ai alte planuri mari pentru ziua de azi, își corectă el afirmația.

Ellen își scutură capul.

—Nu am niciun plan pentru astăzi. De fapt, nu mai am niciun plan pentru viitorul apropriat, mărturisi ea cu tristețe.

—Aceea e o altă chestiune despre care trebuie să-mi vorbești, notă Jay cu subînțeles și se întoarse pentru a-l căuta pe ospătar ca să ceară nota de plată.

Ellen se mulțumi să-și strecoare mâna afară dintr-a lui și se lăsă pe spate în scaun. Avea nevoie să-și limpezească capul. Jay avea efectul unei tornade asupra sistemului ei.

CAPITOLUL NOUĂ

Jay îi înşfăcă mâna lui Ellen într-a lui cu hotărâre şi, în ciuda încercărilor femeii de a scăpa din mâna lui, el tot nu îi dădu drumul. O conduse plin de hotărâre spre promenadă, evitând cu artă celelalte cupluri sau grupuri de oameni.

Ellen furişă o privire spre el, fără a-şi schimba expresia. Bărbatul nu părea să fie impresionat cu linia aspră a gurii ei, iar ei îi venea să urle.

Jay nu avea niciun dubiu că femeia era furioasă din cauza lui şi, de aceea, evita să o privească. Trecuse peste capul ei şi îi ceruse chelnerului să aducă o singură notă de plată, pe care o plătise el în întregime. Se prefăcuse că nu auzea protestele lui Ellen şi trecuse cu vederea încruntarea de pe chipul ei, deşi aceasta promitea că se va răzbuna pentru ceea ce i-a făcut.

Îi va trece mai devreme sau mai târziu, se gândi Jay cu indiferenţă, privind spre ea pieziş.

O conduse prin fluxul dens de oameni şi decise să o lase să fiarbă câteva minute. Spera să se răcorească curând pentru ca să-i poată vorbi. El, unul, avea nevoie de nişte răspunsuri.

Oricum, Jay nu avea intenţia să o lase să dispară în mulţime. Nu ar mai fi ştiut unde să o caute după aceea. Din ceea ce îi spusese Ellen, nici măcar ideea de a o căuta prin secţiile de poliţie nu mai era de actualitate.

Bărbatul o ținu pe femeie aproape de el și merse alene cu pasul omului care avea suficient timp de risipit. Jay nu se mai simțise atât de bine de zile în șir.

Oameni și sunete îl înconjurau de peste tot, iar lacul strălucea. Vântul blând îi ciufulea părul, iar lui întotdeauna îi plăcuse asta. Mai mult decât atât, acum avea și degetele elegante ale lui Ellen în mâna lui, iar el se tot gândise la acel lucru în ultima vreme.

Este bună pentru starea mea de spirit, trase el concluzia cu uimire. *Cine ar fi crezut?*

—Nu ar fi trebuit să faci asta, spuse Ellen brusc, iar degetele ei se contractară în palma lui.

—Ce anume? întrebă el, întorcându-și ochii spre ea, iar un zâmbet strâmb trase de colțurile gurii lui. Era fericit că vorbele femeii îl opriseră din a-și analiza sentimentele prea în profunzime.

—Știi despre ce vorbesc, replică ea cu supărare, încruntându-se la el.

Într-adevăr, Jay știa despre ce vorbea ea, dar avea și el nevoie de puțin amuzament. În acea zi, reacțiile lui Ellen compensaseră pentru întreaga perioadă de plictis prin care trecuse din momentul în care fusese bătut.

—Nu ar fi trebuit să-mi plătești nota. Îmi pot permite să mi-o plătesc singură, se răsti Ellen la el.

—Elle, Elle, Elle, își scutură Jay capul cu dezamăgire falsă. Nu ai înțeles de ce am făcut asta. Eu nu am plătit nota pentru că am crezut că nu îți permiți să o plătești tu însăți, chiar dacă tocmai ai spus că nu mai ai o slujbă, sublinie bărbatul, tărăgănând cuvintele.

Ochii lui Ellen se îngustară drept răspuns la replica lui, iar el rânji cu satisfacție. Îi plăcea la nebunie să-i apese butoanele. Femeia încercă să scape din nou din mâna lui, dar degetele lui se strânseră mai tare peste ale ei.

—În regulă, pisoi feroce ce ești, decise el să-i dea un răspuns direct. Nu am plătit nota pentru că am crezut că nu îți permiți să o plătești. Gândul acela nici nu mi-a trecut prin minte. Am făcut-o pentru că eu nu ies niciodată cu o femeie pentru ca la final să-i cer să-și plătească propria mâncare. Mi se pare a fi o practică oribilă, după părerea mea, mărturisi bărbatul, ușor jenat, pentru că știa că mulți îl considerau o ciudățenie pentru că se comporta astfel.

Bursc, Ellen se opri și îl opri și pe el. Se întoarse spre el pufnind, iar sprâncenele i se adunară deasupra ochilor ei înnourați, care îl fulgerară cu o privire neagră.

—Ascultă aici, se răsti ea la el. În primul rând, nu sunt un pisoi. În al doilea rând nu avem o întâlnire. Ne-am întâlnit în acel restaurant din întâmplare, exclamă ea, iar exasperarea îi răsună clar în voce.

—Asta doar arată că nu știi cât de furios poate fi un pisoi mic, îi replică Jay cu nonșalanță.

Bărbatului îi plăcea poziția în care se găseau. Respirația ei îi tachina bărbia dacă el își înclina capul puțin în față. Din cauza apropierii dintre ei, el putea să-i simtă vibrațiile corpului ei și nu avea nici cea mai mică îndoială că femeia era de-a dreptul furioasă de acum.

—În acest moment, este clar că ești un pisoi furios, o contrazise el pe un ton jucăuș. Iar poate că întâlnirea noastră nu a început ca o întâlnire per se, dar pe parcurs a devenit o întâlnire, avu el grijă să-i explice.

—Nu, nu a devenit, femeia mai că dădu cu piciorul în pământ, un gest pe care și-l regretă imediat pentru că, de obicei, era mult mai stăpână pe reacțiile ei decât atât.

—Vrei să punem pariu? îi surâse Jay cu malițiozitate, iar femeia mai că mârâi, făcându-l să izbucnească într-un râs din toată inima. Oprește-te din a analiza totul, Elle, o sfătui el când reuși să se oprească din râs. Încearcă doar să iei lucrurile așa cum vin. Trăiește un pic, îi mângâie el chipul, iar femeia se înroși.

Ellen se trase un pas în spate, iar mâna lui căzu cu regret. Jay efectiv iubea textura pielii ei.

—Hai să găsim puțină intimitate într-un colț izolat și să discutăm o vreme. Ce părere ai? o întrebă bărbatul, ridicându-și sprâncenele. Cred că Grădina Muzicală este cel mai bun loc pentru asta.

Ellen îl aprobă dând din cap cu ezitare. Nu știa ce să creadă despre comportamentul lui Jay și se temea că acesta numai se juca cu ea. Și cu toate acestea, când Jay îi apucă mâna din nou și o trase după el cu blândețe, ea îl urmă fără comentarii.

Își va arăta culorile curând, reflectă Ellen, potrivindu-și pasul cu al lui. *Atunci voi pleca, indiferent de ce va spune el.*

—Hai să luăm un tramvai, Elle, propuse Jay după vreo cincizeci de metri. Nu are sens să mergem pe jos până la grădină. Este prea departe pentru o plimbare plăcută, observă el.

—Tu chiar ai o fixație cu grădina aceea, replică ea. Nu crezi că și grădina este la fel de înțesată de lume la această oră din zi? îl întrebă ea pe un ton uscat.

Jay se opri brusc, iar Ellen se lovi de el pentru că nu se aștepta la așa ceva. Bărbatul o privi cu o expresie de nedescifrat pe chip, iar femeia avu senzația că nu îi va place ce va spuse acesta. Era sigură că el o va găsi din nou vinovată de ceva anume.

—Ai dreptate, spuse Jay.

Cuvintele lui o surprinseră pe Ellen și aceasta clipi. Nu se aștepta la așa ceva.

—Cu vremea asta blândă, grădina trebuie să fie înțesată. Nu m-am gândit la așa ceva, admise bărbatul cu o scuturare din cap. Nu cred că există vreun colț pe aici unde am putea avea oareșce intimitate, remarcă el, privind în jur cu ochi cercetători.

—Exact ce vreau să spun, replică Ellen. Hai să ne încheiem plimbarea și ne putem vedea altă dată, propuse ea.

—Chestia asta nu merge cu mine, Elle, își întoarse Jay ochii spre ea. Mai există un loc unde cu siguranță ne vom putea bucura de intimitate.

—Unde? își arcui ea o sprânceană cu aroganță.

—Vei vedea, îi suci el nasul, iar ea mârâi, lovindu-l peste degete.

—Termină cu chestia asta, lătră Ellen la el. Și tu chiar crezi că merg undeva cu tine dacă nu îmi spui unde?

—O fată mare și rea ca tine? o tachină Jay. Doar nu ți-e teamă să mergi cu mine, Elle, nu-i așa? Te provoc, o anunță el cu o sclipire în ochi.

—Poți să visezi uriașule, i-o întoarse ea.

Dar de fapt, simțea că ceva se topea înlăuntrul ei ori de câte ori o numea *Elle*. Îi plăcea tonul răgușit al vocii lui oricum, dar când pronunța acel cuvânt, bărbatul suna diferit. Și totuși, nu putea să cedeze atât de ușor chiar dacă el niciodată nu o speriase.

—Provocările nu au mai avut efect asupra mea de ceva vreme deja. Sunt adult acum, în fond, ridică ea din umeri.

—Iar asta e problema ta, Elle, îi replică Jay. Ești atât de ocupată să fii adult încât ai uitat să te mai și distrezi. Doar lasă-te purtată de flux, iubito. Nu tot timpul. Doar din când în când. Hai să cumpărăm câteva lucruri mai întâi, propuse el, iar apoi, bărbatul o luă de mână și o trase după el.

—Nu sunt un câine pe care să îl duci în lesă, pufni ea pe un ton uscat.

—Asta știu, râse el.

—Atunci nu mă mai trage după tine așa cum îți vine, spuse ea potrivindu-și mersul după pasul lui leneș. Ce vrei să cumperi?

—O să vezi, răspunse el, iar un zâmbet îi apăru în colțul gurii.

—NU ȘTIU DE CE AI CUMPĂRAT toate pateurile și plăcintele acelea, remarcă Ellen când părăsiră cafeneaua.

Când intrară în magazin, crezuse că Jay voia să se oprească acolo ca să discute cu ea, iar Ellen nu credea că vor avea cine știe ce intimitate. Dar, de fapt, bărbatul se îndreptase spre tejghea și comandase totul la pachet.

—Nu-mi vine să cred că ești încă flămând, își scutură ea capul cu uluială.

—Sunt pentru noi doi, îi explică el calm și îi luă mâna din nou.

Cu siguranță te temi că o să dispară, omule, reflectă Jay cu mâhnire.

Femeia râse cu uimire și își mai scutură o dată capul.

—Nu mai pot mânca nimic acum, Jay. Nu mi-e foame și nu glumesc, îl avertiză ea.

—Poate că nu chiar acum, dar se poate să ți se facă foame curând. Oricum, mai avem de mers vreo zece minute. Poate că îți va reveni apetitul, observă Jay ridicând din umeri.

—Tot nu mi-ai spus unde mergem, remarcă ea.

—Vei vedea destul de curând, o conduse el printre oamenii de pe stradă.

CAPITOLUL ZECE

—Ar fi trebuit să ghicesc, spuse Ellen scuturându-şi capul când intrară în holul de intrare al clădirii unde locuia Jay.

—Ei bine, aici pot garanta că vom avea intimitate, bărbatul replică şi o conduse spre lift după ce îl salută pe omul de la biroul de recepţie. Matt nu va veni pentru că este supărat pe mine. Încă nu o lasă pe Nora să dispară de sub ochii lui, deşi aceasta şi-a revenit complet, aşa că nici ea nu va veni, ridică el din umeri. Bryan şi Becka au dus copiii la casa de pe lac, aşa că sântem singuri, Elle, îşi mişcă el sprâncenele spre ea. Acest lucru chiar pune idei în mintea ta, nu-i aşa? spuse el râzând.

—Eşti doar un clovn, Jay, remarcă ea pe un ton sec, iar ochii bărbatului sclipiră drăceşte.

—Haide, iubito, nu-mi spune că nu te-ai gândit, măcar aşa, din când în când, să mă prinzi singur, spuse bărbatul, iar degetele îi mângâiară maxilarul cu o atingere uşoară.

Ellen îşi închise ochii o secundă, dar mai apoi făcu efortul să se oţelească împotriva magnetismului lui Jay şi îi dădu mâna la o parte.

—Nu trebuie să-ţi spun nimic, replică ea, privind drept în ochii lui.

—Ba da, trebuie, punctă Jay. De aceea sântem aici, până la urmă. Ca tu să-mi poţi spune totul.

—Nu, sântem aici pentru că tu ai vrut să discutăm singuri, i-o întoarse Ellen. Aceasta nu înseamnă că eu voi vorbi, îi contracară ea argumentul.

—Nu, nu, nu, își scutură Jay capul exact când ușile de la lift se deschiseră. Tu ai să-mi spui mie multe, îi zise el și îi luă mai apoi mâna când văzu că nu se mișcă. Trebuie să ieșim din lift, să știi. Nu putem să-l monopolizăm. Este o clădire înaltă iar oamenii nu vor fi prea fericiți dacă vor trebui să urce scările, crede-mă. Mai bine avem conversația aceea în apartamentul meu, observă el și o trase după el.

—Ești prea autoritar, pufni Ellen, dar îl urmă.

—Râde ciob de oală spartă, îi replică omul. Probabil ai uitat cât de autoritară ai fost în noaptea când am fost bătut, observă el, conducând-o spre apartamentul său.

—Aceea a fost diferit, îl străpunse Ellen cu o privire neagră, care nu avu niciun efect asupra lui Jay pentru că omul mergea de-a lungul holului cu hotărâre fără să se uite la ea.

—Cum a fost altceva? o întrebă el, întorcându-se spre ea când se opri în fața ușii apartamentului său.

—Trebuia să te fac să te miști, ridică ea din umeri. Nu puteam să te cocoloșesc.

—Iar atitudinea ta față de Matt și Bryan? se interesă el, aplecându-și capul într-o parte.

Ellen se înroși violent, dar apoi ridică din umeri.

—Nu voiam să te rănească cineva, îi explică ea pe un ton fără inflexiuni.

—Mă întreb de ce, spuse Jay, iar ochii lui îi cercetară chipul cu aviditate.

—Poți continua să te întrebi, se răsti Ellen. Era cumva intenția ta să purtăm această conversație în hol? întrebă ea pe un ton dulceag, înclinându-și capul cu subînțeles spre ușa pe care el nu o descuiase.

—Mda, am știut eu. Cu tine omul râde în fiecare clipă, mormăi Jay și descuie ușa, invitând-o să intre cu o fluturare a degetelor. Intră, te rog, prințesă.

Ellen se strâmbă din cauza vorbelor lui, dar intră înaintea lui în casă, nesimțindu-se în largul ei să îi calce în apartament din nou. Încă își mai amintea cum se simțise când el i-a cerut să plece ultima oară când fusese acolo, iar inima i se strânse. Femeia se temea că rezultatul acelei vizite ar fi fost același, iar ea nu știa dacă ar mai fi suportat același tratament încă o dată.

—Nu mai fi atât de temătoare, îi spuse Jay pe un ton dur. Nu am nici cea mai mică intenție să mă comport ca un ticălos din nou, adăugă el, arătându-i că îi citise gândurile cu acuratețe, iar femeia își feri chipul, întorcându-se.

—Nu sunt, replică Ellen sfidător, dar se îndoi că Jay a crezut-o.

De ce naiba nu îmi pot păstra sângele rece cu el? se certă singură. Niciodată nu se comportase astfel față de altcineva înainte.

—Hai să mergem în camera de zi, o invită Jay cu un oftat interior. Își plasă mâna pe partea inferioară a spatelui ei, îmboldind-o să meargă în fața lui.

Ellen își mișcă picioarele, deși începuse să suspecteze că vizita ei acolo nu era deloc o idee prea bună. Îl plăcea pe Jay, și chiar mult de tot, dar ei doi păreau să reacționeze ca uleiul cu apa.

Jay își dădu ochii peste cap în spatele ei. Aproape că putea auzi rotițele mișcându-se în mintea ei. Bărbatul știa că Ellen căuta să afle tot ce era negativ în ceea ce privea prezența ei în casa lui.

—Ia loc, Elle, îi arătă el canapeaua, iar apoi luă punga cu pateuri la bucătărie. Îmi va lua doar un minut, spuse el pe drum încolo. Vrei niște cafea, nu-i așa? o întrebă el din spatele insulei.

—Poate... spuse ea indecisă. Nu știu de fapt, își scutură ea capul.

Râsul lui Jay se auzi din bucătărie, iar Ellen își presă buzele strâns.

Poți fi mai puțin idioată? se certă singură.

—O să fac niște cafea, decise Jay pentru ea. Va merge bine cu pateurile, o să vezi.

Ellen se mulțumi să ridice din umeri, dar nu se mai obosi să-i răspundă. Ochii ei hoinărirâ în jurul camerei. Nimic nu se schimbase de când fusese ultima oară acolo. Se ridică în picioare și se îndreptă alene spre balcon.

Sprijinindu-se de tocul ușii de la balcon, Ellen privi lacul cu dor.

De câți ani nu am mai fost pe lac? se întrebă ea. *Probabil de vreo douăzeci,* se aventură să ghicească ridicând din umeri.

Trebuie să fi avut șase ani la vremea aceea, iar părinții ei o luaseră cu ei într-o excursie pe insulă, într-una dintre puținele lor ieșiri împreună. Nu aveau timp să petreacă vremea unul cu celălalt, iar copilul venea pe ultimul loc.

Jay se oprise în ușa de la bucătărie și o privea fix. Postura ei îi spunea că i-ar fi plăcut să fie acolo, afară, pe lac. Bărbatul îi simți tristețea de parcă ar fi fost a lui.

Când femeia își trecu părul peste umăr, el intră în camera de zi și o strigă ușor.

—Elle, ești în regulă?

Surprinsă, femeia tresări. Își scutură melancolia, iar apoi se întoarse spre el.

—Bineînțeles că sunt bine, îi replică ea pe tonul ei obișnuit ce nu lăsa loc la fleacuri.

Jay doar își scutură capul, intuind că nu ar fi fost o idee înțeleaptă să îi dea de înțeles că el știa ce simțea ea.

—Mi-ar place să luăm cafeaua pe balcon, îi spuse el lui Ellen. Dar vecinii mei sunt foarte curioși, șopti el fără pic de reverență. Au peste optzeci de ani și sunt foarte curioși. Nu lăsa vârsta lor să te amăgească. Auzul lor este la fel de bun ca în tinerețe, o informă el.

Ellen îi zâmbi.

—Ne putem lua cafeaua înăuntru, departe de urechile făcute pâlnie, îl asigură ea.

—Perfect, își frecă omul mâinile. Dar tot mai ai de așteptat câteva minute, o avertiză el. Filtrul de cafea încă pufăie. Chiar trebuie să cumpăr unul curând, remarcă el neglijent, de parcă atunci s-ar fi gândit la așa ceva.

Femeia își flutură mâna să-i arate că nu avea importanță. Deja făcuse cunoștință cu filtrul lui de cafea și știa cât de temperamental era acesta.

Jay micșoră distanța dintre ei doi. Îi îndepărtă o șuviță de păr de pe chip, iar apoi o frecă între două degete.

—Atât de mătăsoasă, șopti bărbatul și apoi își ridică ochii spre ai ei.

Ochii lui Ellen se lărgiseră și îi priveau degetele cu uluială.

—Îmi place părul tău, bărbatul ridică din umeri neglijent. Este atât de... viu, aș spune, îi explică el cu gesturi largi, iar ea își scutură capul.

—Mă gândeam să îți arăt restul casei, o informă Jay pe Ellen, prinzându-i mâna.

—Nu este nevoie, se grăbi femeia să spună.

—Haide, iubito, nu-mi spune că nu mori de curiozitate să vezi și restul apartamentului, își ridică el o sprânceană.

—Voi supraviețui, îi replică ea sardonic.

—Nu este nevoie doar să supraviețuiești, sublinie Jay. Sunt dornic să îți ofer marele tur, gesticulă el spre interiorul apartamentului. Deja ai văzut camera de zi, menționă el. Cred că vom ocoli și baia de pe coridor, o conduse el dincolo de încăperea respectivă. În fond, o știi deja, ridică el din umeri. Acesta este dormitorul meu, îi șopti el, aplecându-și capul, astfel profitând de apropierea dintre ei pentru a-i mirosi părul.

Bărbatul împinse ușa să se deschidă și o invită înăuntru. Ellen păși în cameră cu timiditate. Situația părea prea intimă și nu îi putea ghici jocul lui Jay defel.

Ochii îi colindară peste draperiile de un verde de pădure, oglindite în culoarea cuverturii de pe pat. Întinderea covorului de un portocaliu ars complimenta verdele draperiilor și cremul pereților.

—Este frumos, spuse ea abia auzit.

Jay respiră profund. Pentru o clipă, crezuse că nu îi plăcea încăperea pentru că se uita în jur fără să spună nimic.

—Iar aceasta este baia dormitorului, îi arătă el încăperea ale cărei plăci de gresie dădeau impresia valurilor de pe Marea Nordului.

—Arată fantastic, îi zâmbi Ellen. Cine a decorat apartamentul? întrebă ea.

—Eu am făcut-o. În întregime, se lăudă Jay, încântat să vadă că decorul ales de el avea aprobarea ei. Dă-mi voie să îți arăt cel de-al doilea dormitor, o trase bărbatul după el, iar Ellen râse.

Deja se obișnuise cu el trăgând-o de colo colo.

—Ce este? își întoarse Jay ochii spre ea.

—Tu, replică ea. Mă tragi mereu în toate direcțiile, sublinie ea.

—Îmi cer scuze, zise el, dar vocea lui nu arăta niciun fel de remușcare față de comportamentul lui.

—Da, îți și pare rău, mormăi Ellen.

—Prinzi repede, surâse Jay. Deci acesta este al doilea dormitor, o informă el, deschizând ușa următoarei camere, iar mai apoi o lăsâ să intre înaintea lui.

Ellen observă că bărbatul crease acea cameră în diverse nuanțe de maro, de la ciocolată neagră la caramel deschis. Ambianța era caldă și primitoare. Se întrebă cât de bun cartofor era el de își putea permite o astfel de locuință. Chiar și locația apartamentului era exclusivă.

Jay îi arătă și baia dormitorului, iar ea se minună de atenția minuțioasă acordată detaliilor și de armonizarea nuanțelor.

Încăperea îi dădea senzația că pășise într-o junglă tropicală.

—Ai făcut o treabă excelentă, Jay, își ridică femeia chipul spre el și îi zâmbi strălucitor în ciuda gândurilor sale. Chiar știi să te joci cu culorile, observă ea.

—Hmm... Ei bine, ar trebui să vezi și a treia cameră, menționă Jay cu oarecare ezitare.

Sprâncenele lui Ellen i se ridicară pe frunte din cauza confuziei. Bărbatul nu arătase niciun fel de timiditate până atunci, iar noua sa atitudine o uimea.

—Care este problema, Jay? se interesă ea.

Era clar că omul nu se simţea în largul lui să-i arate acea cameră.

—Dacă nu vrei ca eu să văd camera aceea, nu este o problemă, îl asigură Ellen, deşi o mulţime de întrebări îi apăruseră în minte.

—Ei bine, trebuie numai să îmi promiţi că nu vei spune nimănui ceea ce o să vezi înăuntru, îi ceru el pe un ton serios. Puţini oameni au văzut vreodată această încăpere, o avertiză el.

Acum, Ellen era nerăbdătoare să arunce o privire în cea de a treia cameră. Îl privi pe Jay întinzându-se spre clanţa uşii trepidând.

CAPITOLUL UNSPREZECE

Uşa se deschise în sfârşit, iar Ellen se trezi în cea mai însorită încăpere a apartamentului. Zidul cel mai îndepărtat era complet din sticlă şi era acoperit cu o perdea albă, subţire ca pânza de păianjen, care nu stăvilea defel lumina să inunde spaţiul.

Pe un stativ, o tablă acoprită cu pânză îi atrase atenţia lui Ellen imediat din cauză că aceasta părea să reprezinte punctul focal al încăperii. De ambele părţi ale tablei, pe două mese de lucru, erau aliniate diverse borcane umplute cu pensule, creioane şi Dumnezeu mai ştia ce altceva.

Îşi întoarse ochii întrebători spre Jay. Ochii lui impenetrabili nu dezvăluiau nimic.

—Eşti pictor sau ceva asemănător? întrebă ea cu o scurtă ezitare.

—Sau ceva asemănător, dădu el din cap. De fapt, sunt artist grafic. Creez benzi desenate, ridică el din umeri cu indiferenţă, dar Ellen îşi dădu seama că acesta se simţea nelalocul lui sub ochii ei atenţi.

—Întotdeauna mi-au plăcut benzile desenate, îi zâmbi ea. Chiar şi acum mai cumpăr unele din când în când. Tu doar le faci în cerneală sau faci absolut totul?

—Eu creez povestirea şi o desenez de la A la Z, replică el.

Tonul vocii lui îi dădu lui Ellen de înțeles că bărbatul era mândru și satisfăcut de ceea ce făcea, chiar dacă era îngrijorat, temându-se de ce credea ea despre munca lui.

—Ai vrea să-mi arăți? întrebă ea cu interes vizibil.

—Desigur, bărbatul îi surâse, dar mai apoi, brusc deveni serios, iar ochii i se lărgiră cu oroare.

—Care este problema? se încruntă ea ușor, neînțelegând schimbarea lui bruscă de inimă.

Jay își frecă bărbia gânditor, privind-o speculativ. Mai apoi se scărpină în creștetul capului pentru câteva clipe și continuă să se holbeze la ea.

—Suspansul mă ucide, spuse Ellen pe un ton sec.

—Există o mică problemă, admise bărbatul, complet neînlargul lui sub ochii ei.

—Și anume? își lăsă Ellen capul pe o parte și își strânse buzele.

Știa ea că era vorba de ceva ce nu îi va plăcea.

—Cum să-ți spun? se întrebă el. Eh, cred că mai bine vezi tu însuți, ridică el din umeri, iar chipul îi deveni stoic. Haide, du-te și te uită, o invită el pe femeie cu un gest, dar inima i se strânse, evident, așteptându-se la ce era mai rău.

Ellen îl privi fix câteva clipe, iar apoi o porni spre tablă cu pași hotărâți. Privi scenele descrise, iar falca îi căzu. Femeia icni zgomotos, iar Jay se pregăti mental să fie făcut cu ou și cu oțet.

—Ce naiba este chestia asta, Jay? se întoarse Ellen spre el, răstindu-se.

—Vezi tu, mă gândeam la tine și..., ridică el din umeri.

—Te gândeai la mine, repetă ea uimită. Și așa mă vezi tu pe mine, strigă ea, arătând spre canava.

—Haide, Elle, nu te enerva acum. Arăți fantastic, nu poți să o negi, încercă Jay să o calmeze, în același timp ridicându-și mâinile rugător.

—Și mult bine îmi face mie, pufni femeia. M-ai făcut să arăt ca o justițiară lunatecă, protestă ea, aruncându-și mâinile în aer.

—O justițiară frumoasă și fermecătoare, sublinie Jay, cu un gest menit să calmeze mânia lui Ellen, dar nu reuși.

—Mda, sunt impresionată. În special cu felul în care îi zdrobesc amărâtului ăla sentimentele, spuse ea disprețuitor. Așa mă vezi tu pe mine? se interesă ea pe o voce ostenită, dezamăgită să vadă că aceea era impresia lui despre ea.

—Povestea avea nevoie de puțină dramă, îi explică Jay răbdător. Nu ești tu, până la urmă, își scutură el capul. Doar chipul tău.

Și trupul acela subțire și tonifiat al tău,' continuă el în mintea lui. Nu era prost însă și știa că Ellen i-ar fi luat capul dacă ar fi pronunțat acele cuvinte cu voce tare.

Ellen renunță să se mai certe cu el și încercă să treacă precum furtuna pe lângă el, dar Jay o opri, punându-i mâinile pe umeri.

—Ai văzut doar două pagini, Elle. Privește mai departe. S-ar putea să-ți placă personajul. Eu chiar o plac, îi mărturisi el. Nu este numai frumoasă, este și puternică. Individul acela este un idiot, crede-mă, și merită din plin să aibă inima zdrobită sub călcâiul ei.

După un scurt război de voințe, Jay o convinse pe Ellen să citească restul povestirii. El rămase în spatele ei, cu mâinile pe umerii ei, ținând-o aproape de el și bucurându-se de fiecare clipă.

—Nu e rău, admise ea după câteva minute. Dar tot nu sunt eu, își ridică ea privirea spre Jay.

Apropierea lui o făcu pe Ellen să tremure și femeia încercă din greu să nu-l lase să-i simtă reacția. În consecință, se încordă, iar Jay începu să-i maseze umerii pentru a o ajuta să se relaxeze.

Nu ajută la nimic, idiotule, reflectă ea. *Din contră, este mai rău,* își întoarse ea capul și își închise ochii, pretinzând că de fapt se uita la benzile desenate.

Jay surâse și își continuă masajul. De fapt, lui îi plăcea la nebunie să o aibă aproape și lipită de el. Îi plăcea și să simtă fiorurile ce îi treceau prin corp, iar de aceea pretinse că nu remarca absolut nimic.

—Ești bun, recunoscu Ellen, iar Jay se întrebă la ce se referea.

—La ce sunt bun? nu se putu el abține să întrebe.

—La benzile tale desenate, se răsti femeia la el și se îndepărtă de el.

Se întoarse spre el, iar Jay își controlă trăsăturile pentru ca ea să nu își dea seama ce fel de idei îi treceau prin minte.

—Cred că acum sunt gata pentru cafeaua aceea, spuse ea pe un ton sec.

—Aoleo, am uitat de ea, exclamă Jay și ieși în fugă din încăpere. Mașinăria aia idioată este veche și dacă nu o închid, stropește peste tot, se auzi vocea lui din hol, iar Ellen își scutură capul.

Mai aruncă o privire spre benzile desenate și un zâmbet i se urcă pe buze.

Nu, tipul nu e rău deloc. Are mână bună la desen, iar povestirea este antrenantă. Desigur, are mult umor și ironie fină. Mda, este întru totul Jay, își scutură capul din nou, iar apoi o luă pe urma pașilor bărbatului înspre bucătărie.

—Este totul în regulă? întrebă Ellen intrând în bucătărie.

Jay era ocupat sfâșiind prosoape de hârtie și ștergând tejgheaua. O privi cu o încruntare pe chip.

—Ți se pare că ar fi în regulă? o întrebă el cu necaz, iar ea ridică din umeri.

—Făceam doar conversație, spuse Ellen, admirându-i mișcările agile. Ai ceva practică la a face curățenie, observă ea, nu puțin surprinsă.

—Mama mea crede în egalitatea dintre sexe. Nu a avut prea mult succes să ne învețe pe mine și pe Matt să gătim, dar ne-a învățat cum să ținem o casă curată, spuse Jay făcând ghem hârtia folosită și aruncând-o în coșul de reciclare așezat sub tejgheaua din bucătărie.

—Hmm, mă întreb ce-o fi învățat-o pe sora voastră, spuse Ellen cu curiozitate în voce.

—Nu gătitul cu siguranță, spuse Jay turnând cafea în două cești. Spre marea dezamăgire a mamei mele, nici unul dintre noi nu a reușit să stăpânească artele culinare, la care ea este cu adevărat fenomenală. În schimb, Maggie știe să repare motorul unei mașini.

—Impresionant, dădu Ellen din cap.

—Mda, mai ales pentru că mama nu știe nimic despre așa ceva, surâse Jay. Însă a rămas o dată în pană pe un drum rural din cauză că motorul mașinii ei și-a dat obștescul sfârșit, așa că a decis că Maggie trebuie să învețe cum să își repare motorul la mașină, ridică el din umeri. Vrei să iei tu farfuria cu pateuri și plăcinte? își înclină el capul spre platoul pe care îl lăsase pe un colț al tejghelei.

Mai apoi, el luă ceștile de cafea să le ducă în camera de zi.

—Desigur, aprobă Ellen cu o mișcare din cap și luă platoul, urmându-l pe Jay.

—Tu bei cafeaua neagră, din câte am văzut, spuse el așezând ceștile pe măsuța de cafea.

—Ai un bun simț de observație, replică Ellen sec, punând și ea platoul pe masă, iar apoi se așeză pe canapea pentru că Jay îi bloca drumul spre fotolii.

Jay se mulțumi să ridice din umeri și se așeză lângă ea. Sprâncenele lui Ellen se arcuiră, iar femeia privi cu înțeles spre cele două fotolii care încadrau măsuța de cafea.

—Nu, mă simt mai bine lângă tine, spuse Jay surâzând din nou, iar după aceea își schimbă poziția pentru a o vedea mai bine. Acum a venit timpul să vorbești, observă el, luându-și ceașca de cafea, iar mai apoi așteptă cu nerăbdare ca ea să înceapă să vorbească.

CAPITOLUL DOISPREZECE

—Despre ce? pretinse Ellen să nu înțeleagă ce voia el să spună.

—Ai mai jucat jocul acesta și înainte, Elle, și tot nu ți-a mers, o admonestă el jucăuș, iar un surâs îi ridică colțurile gurii în sus.

Ellen se mulțumi doar să scuture din cap cu încăpățânare.

—Nu îmi aduc aminte, ridică ea din umeri.

—Eu îmi aduc aminte și chiar foarte bine, îi replică Jay. Dă-mi voie să te luminez, spuse el pe un ton arogant și își lăsă ceașca de cafea pe masă, pentru că trebuia să-i acorde lui Ellen atenția lui completă. Înainte de toate, va trebui să îmi explici de ce ți-ai dat demisia. În al doilea rând, trebuie să îmi spui de ce m-ai pus sub supraveghere. În al treilea rând, trebuie să dezvălui ce plan deștept ai pus la cale pentru a-l prinde pe individul acela în flagrant delict, numără el pe degete, iar Ellen se strâmbă.

—Nu vrei prea multe, mormăi ea cu neplăcere.

—Nu, nu cred că este prea mult, râse Jay. Vom ajunge și la lucruri mai serioase după aceea, o avertiză el.

—Cum ar? îl privi femeia pieziș cu o încruntare pe chip.

—Doar niște lucruri serioase, își flutură bărbatul mâna. O să vezi când ajungem acolo. Deci?

—Deci ce? își arcui ea o sprânceană.

—Haide, Elle, doar nu eşti densă. Deci vorbeşte. Ştiu când cineva nu face altceva decât să se joace cu mine, o avertiză el, ridicându-şi şi coborându-şi sprâncenele, făcând-o să râdă.

—Bine, bine, nu e cazul să te pierzi cu firea, îl plesni Ellen peste coapsă, dar mai apoi, ochii i se lărgiră, surprinsă de gestul ei.

—Mi-a plăcut, aşa că nu te agita prea tare în legătură cu asta, îi îndepărtă Jay stânjeneala cu un gest. Simte-te liberă să mă atingi în orice fel vrei, o invită el, iar Ellen se înroşi.

—Nu vreau să te ating, spuse ea îmbufnată.

—Ba da, vrei, o contrazise bărbatul pe un ton serios. Dar poţi să o faci în timp ce şi vorbeşti, îi reaminti el, iar apoi îi luă mâna într-a lui, începând să se joace cu degetele ei.

—Nu mă pot concentra să vorbesc când faci aşa ceva, încercă ea să-şi retragă mâna.

—Nu, nu, nu, îşi scutură Jay capul, respingându-i dorinţa. Este a mea pe moment.

Ellen se holbă la el uluită. Tonul vocii lui arăta că bărbatul era serios, iar ea nu ştia ce să creadă de atitudinea lui.

—Vorbeşte, Elle, spuse Jay printre dinţii strânşi, împletindu-şi, în acelaşi timp, degetele cu ale ei şi trăgând uşor de mâna ei.

—Oh, pentru numele lui Dumnezeu, ţi-am spus deja de ce mi-am dat demisia, aproape că strigă ea, sătulă să tot audă acelaşi lucru tot timpul.

—Nu, nu chiar, sublinie Jay. Sunt convins că este mai mult de spus despre acea poveste decât ce mi-ai spus tu, îşi scutură el capul. Nu te-ai decis pur şi simplu că nu îţi puteai atinge ţelurile, aşa pe moment. Ceva trebuie să se fi întâmplat, spuse bărbatul, observând-o pe Ellen cu atenţie.

Ellen se înroși și își lăsă privirea în jos. Nu dorea să îi împărtășească scena jenantă care avusese loc în biroul comandantului. Femeia încă se cutremura când își amintea cât de prost se descurcase în acea situație.

—Nu poate fi atât de rău, iubito, trase Jay de mâna ei din nou. Haide, doar spune-mi, și o să vezi că nu e sfârșitul lumii.

—Nu am spus că a fost sfârșitul lumii, își ridică ea supărată ochii spre el.

—Nu, dar atitudinea ta îmi spune aceasta, replică Jay pe un ton blând, iar degetul lui mare îi mângâie palma.

Ellen simți o furnicătură și închise ochii pentru o secundă. Respiră profund, iar apoi își deschise ochii și îl privi pe Jay direct în ochii lui întunecați.

—Bine. Uite cum a fost. M-am dus la comandant cu propunerea să îl arestăm pe proprietarul cazinoului pentru ce ți-a făcut ție. A refuzat. Eu am insistat. Apoi, a spus că par prea interesată de soarta ta și că din cauza aceea nu putea pune bază pe cuvintele mele. Chestia asta m-a enervat rău de tot, așa că mi-am dat demisia, spuse femeia rapid ca să treacă peste tot cât mai repede. Ești satisfăcut acum? îl fulgeră ea cu ochii înorați.

Ellen se aștepta ca Jay să pufnească disprețuitor la ea, dar bărbatul doar își scutură capul. Își contractă degetele peste ale ei, iar apoi se aplecă și cu cealaltă mână îi atinse fața cu blândețe. Buzele femeii se depărtară din cauza surprizei, iar ochii i se lărgiră. Jay se aplecă și mai mult și îi atinse buzele despărțite. Ellen simți un fulger săgetându-i tot corpul și oftă în gura lui.

Bărbatul își adânci sărutul pentru încă o clipă, iar apoi se trase în spate doar puțin, lăsând nici trei centimetri între fețele lor. Respirația agitată a lui Ellen îi atinse buzele, iar un zâmbet tandru îi curbă bărbatului gura.

Ochii lui Jay cutreierară peste chipul îmbujorat al femeii de parcă nu s-ar mai fi săturat de ea. Mâna lui rămăsese pe maxilarul ei, iar degetul lui mare trecu peste buza ei de jos.

Apoi, pupilele lui uşor dilatate se fixară pe ochii ei migdalaţi. Se priviră unul pe celălalt câteva momente. Degetele lui Ellen tremurară în mâna lui Jay, iar bărbatul le linişti, strângându-le şi mai tare în mâna lui.

Capul lui Jay se apropie şi mai mult de al ei din nou, iar buzele i se frecară de gura ei încă o dată. Apoi, bărbatul adânci sărutul şi îi luă gura în felul în care se gândise de-a lungul acelor zile interminabile când îi lipsise dureros prezenţa ei fizică.

Acum, Ellen îşi curbă degetele de la mâna ei stângă peste încheietura mâinii lui, în timp ce îşi trase cealaltă mână din strânsoarea lui Jay şi o puse pe pieptul lui. Nu avea nici cea mai mică intenţie să îl oprească. Voia doar să simtă cât mai mult din el. Când deveni prea mult, îşi înnodă degetele în tricoul lui şi se ţinu de el pentru a-şi păstra echilibrul.

Jay încheie sărutul lor ronţăindu-i alinător buzele, iar apoi îi dădu drumul. Se trase în spate şi îi luă din nou mâna într-a lui. După aceea îşi apropie degetele lor înlănţuite la gură, iar buzele lui trecură peste încheieturile degetelor ei, pe care el le strânse câteva clipe în mâna sa. Cu o altă mângâiere alinătoare, bărbatul îşi desfăcu degetele şi se întinse după ceaşca de cafea.

Bărbatul simţea că o copleşise şi se minună că era atât de sensibil la starea ei mentală emoţională. Nu era prima dată când îşi dădea seama de ce avea femeia nevoie şi ce simţea aceasta.

Jay ştia că aptitudinile sale empatice erau rudimentare în cel mai bun caz, iar el niciodată nu fusese capabil să simtă mai mult decât o frântură de o secundă din emoţiile oamenilor din jurul lui. Dar, aparent, prezenţa lui Ellen în viaţa lui părea să-i fi ascuțit simțurile pentru că acum avea un tablou clar al tumultului ei emoțional. Bărbatul nu era nevoit să ghicească ce simțea aceasta, ci ce gândea.

Sorbi din cafea gânditor, privind-o pe Ellen cu colțul ochiului. Femeia își ținea mâinile strâns una de cealaltă și își mușca buza de jos, nesigură de ce ar fi trebuit să spună sau să facă.

—Nu te agita, Elle, spuse Jay cu blândețe, întorcându-și ochii spre ea. Era menit să se întâmple așa, îi explică el. Atracția dintre noi este prea puternică și am fi ajuns aici mai devreme sau mai târziu, ridică el din umeri.

Ellen nu îi răspunse dar ridică ochii spre chipul lui. Îl măsură cu ochii flămânzi.

Păcat că este cartofor, reflectă ea cu regret și își schimbă poziția pe canapea.

—Regreți că m-ai sărutat, observă Jay pe un ton sec, dezamăgit de undele emoționale ce veneau dinspre ea.

Ellen își scutură capul.

—Nu, nu regret că am împărtășit un sărut cu tine, sublinie ea. Dar tu ești cartofor și nimic bun nu poate ieși dintr-o relație între noi doi, spuse femeia cu hotărâre.

Ellen regretă că trebuia să spună acele cuvinte, dar știa că ar fi regretat și mai mult după aceea dacă s-ar fi implicat într-o relație cu el.

—Înțeleg, mormăi Jay și se ridică de pe canapea.

Ochii lui Ellen se măriră.

Acum iar mă aruncă afară, gândi ea cu amărăciune, nesigură de ce simțea în legătură cu acea situație.

Jay doar râse și își scutură capul.

—Ești fantastică, Elle. Nu am nici cea mai mică intenție să te trimit la plimbare, fată. Am însă nevoie să beau ceva. Este trecut de unu după masa, remarcă el privind la ceas. Putem să bem ceva, ridică el din umeri. Care e otrava ta? o întrebă bărbatul.

—Nu știu. Poate whiskey sau vodkă, răspunse femeia nedecisă.

—Hai să bem un whiskey. Am unul bun, scoțian, se lăudă Jay și se grăbi să pregătească băuturile.

Bărbatul îi înmână unul din paharele Glencairn pe care le avea în mână, iar ochii lui Ellen se rotunjiră.

—Acestea sunt pahare scoțiene originale, remarcă ea.

—Mda, cunoști paharele, observă Jay sec. Eu am învățat de la unchiul meu, Michael, care este un cunoscător al whiskey—ului. Tot el m-a învățat să rezist la băutură, mărturisi el. Spre marea mâhnire a mamei mele, ar trebui să-ți spun. A fost o zi smulsă din iad atunci când a descoperit. Nici fratele ei nu a avut o zi mai bună, dacă vrei să știi, îi făcu el cu ochiul. De asemenea, vei observa că nu am gheață. Nu m-am obosit să o înlocuiesc după ce ai folosit-o pe fața mea, ridică el din umeri.

Apoi, bărbatul își roti băutura în pahar, ținând paharul strâns în căușul palmei pentru a încălzi lichidul. După aceea, ridică paharul spre ea.

—Noroc, Elle.

Jay luă o gură plină și lăsă alcoolul să-i încălzească cerul gurii.

Nu sunt la o degustare de băuturi, în fond, reflectă el cu indiferență. Respiră profund când lichidul puternic îi atinse gâtul, iar apoi se întoarse spre Ellen, simțindu-i ochii ațintiți pe chipul lui.

—E o băutură tare, așa că ai grijă, o avertiză el, iar ea își scutură capul cu un surâs.

Însă femeia se mulțumi numai să soarbă din pahar după aceea. Nu îndrăzni să-i urmeze exemplul și Jay rânji.

—Ai vrea să îmi spui ce ai împotriva cartoforilor? De unde vine această aversiune a ta? se interesă el gânditor, iar ochii lui Ellen se ridicară spre el.

CAPITOLUL TREISPREZECE

Ellen părea stânjenită să îi răspundă la întrebare. Pur și simplu se holba la el, neștiind ce ar trebui să facă.

—Haide, Elle, poți doară să-mi spui, încercă el să o convingă. De fapt, trebuie să îmi spui. Eu sunt cu adevărat implicat în chestia aceasta, își flutură Jay mâna între ei doi. Am dreptul să știu împotriva a ce trebuie să lupt, spuse el pe un ton concret.

Ellen își scutură capul.

—Nu trebuie să lupți împotriva a nimic, Jay.

—Oh, ba da, iubito, trebuie, dădu el din cap cu emfază. Vezi tu, problema este că am tot interesul să te păstrez alături de mine, așa că trebuie să știu ce am de făcut pentru ca acest lucru să se întâmple, îi explică el cu candoare.

—Ești atât de... necrezut, observă Ellen cu o altă scuturare a capului.

Nu putea crede insistența bărbatului și nu înțelegea care erau motivele lui ulterioare, pentru că trebuie să fi avut niște motive.

—Crede-o, Elle, și începe să vorbești, gesticulă Jay spre ea cu nerăbdare. Suspansul îl făcea să fie încordat.

—Nu prea îmi place să vorbesc despre chestia asta, femeia încercă să îi explice, privindu-l pe sub gene.

Dar Jay nu era dornic să accepte nicio scuză. Își scutură capul și îi ceru din nou să-i spună totul.

Ellen sorbi din paharul ei, luându-şi ochii de la bărbat. Pe de o parte, atitudinea lui o deranja, dar pe de altă parte, recunoştea în sine ai că poate dacă Jay ar fi aflat ce se întâmplase, o va lăsa în pace.

—Tatăl meu a fost cartofor, Jay, începu Ellen să vorbească. Cel mai groaznic tip de cartofor, de fapt, explică ea, gesticulând agitată. Rareori câştiga ceva la mesele de joc, chiar dacă el considera mereu că nu traversa decât o perioadă scurtă de ghinion, îşi scutură ea capul ca şi cum tot nu ar fi putut înţelege ce se petrecea în capul omului acela. Oricum, destul de curând, aveam datorii atât de mari, încât ajunseserăm să nu mai aveam nici măcar o bucată de pâine în casă. Iar aceasta, zile în şir, se înroşi ea din cauza ruşinii.

Jay îi luă mâna într-a lui, iar ochii lui Ellen se opriră pe mâinile lor împreunate. Gestul bărbatului făcea să îi fie mai uşor să vorbească despre acele zile din copilărie, iar ea nu înţelegea de ce. Îşi scutură capul pentru a şi-l limpezi, iar apoi continuă.

—Tata nu muncea... Nu avea timp şi pentru aşa ceva, vezi tu, spuse ea cu batjocură. Îşi petrecea aproape toate orele când era treaz într-un cazinou sau Dumnezeu ştie unde, jucând cărţi sau zaruri.

Ellen îşi întoarse ochii spre balcon, refuzând să vadă expresia din ochii lui Jay. Femeia ştia că ar fi urât să vadă fie cenzura, fie mila lui.

—Mama bea, continuă ea.

Tonul ei ar fi fost mai potrivit pentru relatarea unei poveşti. Era ca şi cum nu ar fi vorbit despre familia ei deloc.

—Aceea era metoda ei de a face față adicției tatălui meu. Oricum, până am împlinit zece ani, trăiam deja din ajutorul social, iar marea parte a banilor se ducea pe jucatul cărților și cumpăratul romului... Nici în ziua de astăzi nu suport mirosul de rom, își scutură femeia capul și își închise ochii.

Jay nu interveni, ci aşteptă ca ea să își continue relatarea în propriul ei ritm. El doar îi mângâie palma cu degetul mare și făcu o notă în mintea lui să nu țină niciodată rom în casă.

—În fine, când am împlinit doisprezece ani, tatăl meu a moștenit o căsuță de la o mătușă mai în vârstă, își întoarse ea ochii spre Jay.

Bărbatul se cutremură când observă gheața din ochii ei și cât de îndepărtată părea femeia. Știa că partea cea mai oribilă a povestirii abia urma.

—A vândut casa și a încasat banii imediat, îi spuse Ellen pe un ton fără niciun fel de inflexiuni. Apoi s-a dus la cazinoul unde ai fost tu și a pierdut tot, pînă la ultimul bănuț, continuă ea pe același ton impasibil. Tata a revenit acasă în jur de două sau trei dimineața și i-a explicat mamei ce s-a întâmplat. I-a spus că jocul a fost aranjat și că de aceea a pierdut toți banii. Niciodată nu am văzut o ceartă atât de mare între ei doi înainte, deși se ciondăneau regulat, își scutură Ellen capul, iar Jay își strânse buzele când îi observă paloarea chipului. Efectiv au spart fiecare vas și fiecare piesă de mobilier din acel studio mic și oribil în care locuiam... Oricum, în dimineața aceea, tata a plecat. Pentru totdeauna. Nu l-am mai văzut și nici nu am mai auzit nimic de la el sau despre el de atunci, își scutură ea capul. Mama a golit două sticle de rom, una după alta, și a uitat complet de mine. Am aşteptat două zile să-și revină în simțiri, își aminti Ellen cu amărăciune acum.

Femeia încă își mai amintea cât de flămândă fusese și cum căutase prin toată casa să găsească măcar o bucățică de pâine.

Desigur, nu era nici una, își aminti Ellen.

—În fine, când s-a trezit, mi-a aruncat doar o privire și mi-a spus că și eu trebuie să dispar, ridică femeia din umeri ca și cum nu ar fi fost important.

Oh, dar era important, Elle. Ți se rupe naibii inima, iubito, reflectă Jay, iar inima îl duru pentru ea.

Povestirea ei îi stârnise mânia, dar acel ultim comentariu îl adusese la punctul în care simțea că explodează de furie. Respiră profund, încercând să își controleze mânia. Oamenii cărora i-ar fi plăcut să le rupă gâtul nu se găseau în acea încăpere, în fond.

—Ce s-a întâmplat după aceea, Elle? o întrebă el când femeia nu își mai continuă confesiunile.

Ellen doar ridică din umeri, dar Jay o trase de mână și ea își aruncă privirea spre el.

—De fapt, acela a fost sfârșitul, Jay. Am ajuns la orfelinatul Inima Sfântă mai întâi. Am locuit acolo puțin mai mult de un an. Apoi, am fost pusă în plasament maternal, își aminti ea. Până la vârsta de optsprezece ani, am cunoscut patru familii maternale. Nu a fost mare lucru, ridică femeia din umeri încă o dată când văzu lumina stinsă din ochii lui Jay.

Da, iubito, pun pariu că nu a fost, reflectă bărbatul cu tristețe, iar apoi îi aduse mâna la buzele lui din nou. *Trebuie să te gândești bine, Jay, și să faci un plan pentru a o face să stea,* oftă el în sinea lui în timp ce privea profilul femeii, știind că munca de lămurire care îl aștepta nu era deloc ușoară.

Ellen își trase mâna dintre degetele bărbatului și își luă paharul de whiskey. Își făcu de lucru învârtind lichidul în pahar pentru că nu voia să vadă că lui Jay îi era milă de ea.

—În regulă, uite cum stă treaba, spuse Jay pe un ton concret.

CAPITOLUL PAISPREZECE

—Este o distincţie între un om care joacă jocuri de noroc pentru a face bani şi unul care joacă doar pentru a se amuza, sublinie Jay privind-o plin de speranţă.

Când văzu că expresia ei nu se înmuie defel, bărbatul oftă şi se ridică, începând să patruleze de-a lungul încăperii. Jay acoperi aceeaşi distanţă de vreo două ori, iar apoi îşi prinse mâinile la spatele capului şi se opri în faţa uşii deschise de la balcon.

Timp de câteva minute, Jay învârti diverse variante în minte, dar o respinse pe fiecare cu o scuturare din cap. De-acum, Ellen îi privea acţiunile uluită. Femeia nu înţelegea ce se petrecea cu el.

Brusc, Jay îşi frecă mâinile şi apoi se întoarse la ea. De data aceasta se aşeză într-un fotoliu pentru a o putea privi drept în ochi.

—În regulă, adevărul, oftă bărbatul. De fapt, deja ţi-am spus adevărul, dar nu m-ai crezut, sublinie el.

Ellen îşi arcui o sprânceană, dar Jay se grăbi să spună:

—Chiar ţi-am spus adevărul, numai că nu ţi-am spus totul. Mi-e teamă că nici acum nu vei crede ce îţi voi spune, se asigură el să menţioneze, aplecându-se în faţă şi sprijinindu-şi coatele de genunchi. Trebuie însă să îmi promiţi ceva, totuşi, îi ceru el, străpungând-o cu ochii.

—Nu pot promite nimic fără să știu ce îmi ceri, replică Ellen, privindu-l pieziș.

Jay râse, dar femeia își dădu seama că bărbatul se temea, iar acel lucru o confuzionă și mai mult pentru că el mereu păruse să fie în control în orice situație.

—Desigur că nu îți voi cere să îmi promiți ceva fără să îți spun despre ce este vorba, își scutură el capul. Trebuie însă să îmi promiți că ceea ce îți voi spune va rămâne numai între noi doi. Nimeni nu trebuie să știe că ai aflat. Nici fratele meu, nici Nora sau Becka, și nici măcar Bryan, sublinie el.

—Imaginează-ți că nu mă voi apuca să strig cuvintele tale de pe acoperișuri, replică Ellen supărată. Nu am o gură atât de mare.

—Nu am spus că ai avea, dar poate, fără să vrei, ai putea spune ceva și este important să nu spui nimic, o avertiză Jay. Încalc regulile aici și încă țapăn de tot, crede-mă, sublinie el.

—Bine, am priceput. Îți promit. Ești satisfăcut acum? îl întrebă ea pe un ton supărat.

Jay dădu din cap, dar nu părea să fie convins că ceea ce îi va sune va rămâne doar între ei doi.

—În fine, începu el cu un oftat. Vezi tu, în afară de talentul meu cu o pensulă sau un creion, mai am un alt talent. Din păcate, acesta nu este rafinat din cauza unui nenorocit de blestem, spuse el dintr-o dată cu supărare.

—Blestem? interveni Ellen. Haide, Jay, pufni ea în derâdere. Nu îmi vinde una din poveștile tale.

—Nu e o nenorocită de poveste, se răsti el. Știam eu că nu o să mă crezi, dar oricum, am spus că îți voi spune, așa că o voi face, continuă el pe un ton necăjit. Dacă evident crezi că îți poți ține gura închisă și nu mă vei judeca chiar de la început desigur, își fixă el ochii plini de fulgere negre asupra lui Ellen.

—Nu voi scoate un sunet. O să vezi. Doar continuă.

Ellen pretinse că și-a tras fermoarul la gură, iar apoi își ridică mâinile.

—Ești o femeie răutăcioasă, își scutură Jay capul. În fine, nu te voi plictisi până la lacrimi cu întreaga sagă a familiei mele, gesticulă el. Este de ajuns să spunem că am unele abilități empatice și unele talente de percepție extrasenzorială. În mare parte sunt inutile din cauza acelui nenorocit de blestem de care ți-am spus, dar ceea ce pot face bine, fără niciun fel de eșec până în prezent, este să văd cărțile, spuse el cu mândrie în voce, iar aceasta chiar o uimi pe Ellen.

—Ce vrei să spui? își îngustă femeia ochii cu suspiciune.

—Vezi, nu îți poți ține gura închisă. Oricum este simplu, pufni Jay. Văd ce cărți au alții în mână. Nu este nevoie să mă bazez pe noroc sau pe numărat cărți. Nu joc pentru bani. Fac destui bani cu benzile mele desenate, ridică el din umeri.

—Atunci de ce o faci? întrebă Ellen cu uluială.

Tot nu îl credea, dar în același timp voia să înțeleagă care era scopul lui pentru a-i spune o poveste atât de ciudată.

—Este singurul talent pe care îl pot controla, nu înțelegi? Și am nevoie să am dovada că nu sunt un eșec total, admise el cu tristețe.

—Eșec la ce? Vorbești în cercuri, Jay, se încruntă Ellen la el.

Bărbatul oftă profund și își trecu degetele prin păr. Era mai greu să îi explice decât se așteptase.

Lui Matt i-a fost mult mai ușor, reflectă el, amintindu-și că Nora a trebuit să accepte totul ca fiind adevărat când a fost martoră la ce putea face familia lui.

—Hai să mai bem niște whiskey, propuse Jay, dar apoi își aruncă privirea spre Ellen. În regulă, voi mai face niște cafea, își corectă el cuvintele când observă că sprâncenele femeii se ridicaseră pe fruntea ei. Și apropo, pentru propria-ți informare, dacă cineva bea din când în când, nu devine alcolic, sublinie el, ghicind ce îi trecuse prin minte lui Ellen. Chiar dacă se îmbată ca un papă.

—Nu am spus nimic, se înroși Ellen sub privirea lui aspră.

—Dar ai gândit, i-o întoarse el, iar apoi se îndreptă spre bucătărie, întorcându-i spatele.

Ellen mai rămase pe canapea câteva secunde, iar apoi sări în picioare și îl urmă.

—Nu am nevoie de mai multă cafea, Jay, spuse ea când ajunse lângă el.

—Dar eu am nevoie, spuse el brusc. Trebuie să beau ceva și nu pot bea nenorocitul ăla de whiskey pentru că vei crede că mi-am pierdut mințile, îi explică el pe larg, pe un ton răutăcios, în același timp, măsurând apă și cafea și punând filtrul de cafea în funcțiune.

—Asta este pur și simplu răutăcios, observă ea pe un ton defensiv.

—Dar adevărat, i-o întoarse Jay.

—Nu am spus nimic de acest gen. Poți bea whiskey dacă vrei. Știu că oamenii nu devin alcolici dacă beau din când în când. Nu sunt atât de retardată, își scutură ea capul furioasă.

—Nu-mi pune cuvinte în gură, Elle, spuse Jay printre dinţi. Înţeleg de ce reacţionezi astfel, aşa că nu te îngrijora. Sunt flexibil. Putem lucra împreună, adăugă omul, implorând-o din ochi.

—La ce? îl privi femeia cu confuzie.

—Haide, iubito. Despre ce crezi că vorbesc? îşi ridică el sprâncenele. Sau preferi să-ţi arăt? se interesă el, iar un surâs drăcesc îi apăru pe chip.

—Nu este nevoie de aşa ceva, se înroşi Ellen şi făcu un pas în spate. Mai bine îmi explici cum vine chestiunea aceea cu eşecul, gesticulă ea, încercând să schimbe subiectul.

—Nu eşti foarte subtilă, Elle, râse Jay.

—Indiferent, explică, lătră ea supărată.

—Nu e foarte dificil din punctul meu de vedere. Acum, partea dificilă este că tu nu mă crezi, ridică Jay din umeri.

—Doar încearcă, spuse Ellen printre dinţi, obosită de dansul lui ocolit în jurul adevărului.

—M-am născut cu anumite aptitudini, ca fiecare din familia mea, încercă el să îi explice din nou cu răbdare. Nu toată lumea are aceleaşi talente, sublinie el. De exemplu, Matt îţi poate citi mintea, spuse Jay.

Ellen îşi arcui sprâncenele, iar Jay se strâmbă.

—Ştiu ce gândeşti, dar poate să o facă, dacă vrea, desigur. Pentru că el a ajuns la punctul în care îşi poate controla talentul, spuse bărbatul. Eu ar fi trebuit să pot citi emoţiile oamenilor şi să le simt acţiunile, ridică el din umeri. Sincer, până acum cu tine, nu am reuşit să citesc emoţiile prea bine. În fine, pot de asemenea să văd cărţile sau ce este scris pe spatele unei bucăţi de hârtie sau de carton. Acesta este singurul lucru pe care îl pot controla, sublinie el.

—De ce? întrebă Ellen pe un ton la obiect. Nu că aș crede această istorie, îl preveni ea. Este prea fantasmagorică pentru gustul meu, își dădu ea ochii peste cap.

—Da, știam că o să reacționezi astfel, își scutură Jay capul. Oricum, noi toți ne aflăm sub un blestem, spuse el strâmbându-se.

—Despre aceasta vreau să aud, spuse Ellen cu ironie și își propti șoldul de tejghea.

Jay îi răsuci nasul femeii și spuse:

—Poți râde de mine dacă vrei, dar nu este prea ușor pentru nici unul dintre noi. Vorbesc despre verii mei și mine, specifică el. Becka și Matt deja au învins blestemul.

—Spune o dată ce e cu blestemul acela, îl îmboldi Ellen cu un deget în coaste.

—Ușor, iubire, se trase Jay în spate. Nu sunt încă sută la sută bine, o preveni el.

—Oh, îmi pare rău. Am uitat. Te-am rănit? întrebă femeia cu regret în voce și își puse mâna mică pe locul unde îl împunsese.

—Nah, nu m-ai împuns prea tare, își trecu Jay degetele prin părul ei.

—Atunci, cum e cu blestemul acela? insistă Ellen, iar bărbatul râse.

—Îți voi spune, ai doar un pic de răbdare. Deci, străbunica mea a pus un blestem pe capul nostru, al tuturor, spuse Jay.

CAPITOLUL CINCISPREZECE

—De ce naiba? se lărgiră ochii lui Ellen. Nu vă place?

—Ba da, în felul ei mai special, se strâmbă Jay. Apropo, dacă o întâlnești, să nu dai atenție la nimic din ce spune sau face, avu el grijă să o avertizeze.

—Mă îndoiesc că o voi întâni, așa că avertizarea ta nu își are rostul, ridică Ellen din umeri.

—Nu e chiar așa, Elle, își scutură Jay capul.

Bărbatul își petrecu brațul în jurul taliei ei și o trase pe femeie mai aproape de trupul lui.

—Dacă e să fie după voia mea, îi vei întâlni pe toți, îi șopti Jay. Oh, Doamne, va trebui să nu dai atenție nici la ce spun ceilalți, se strâmbă bărbatul, amintindu-și de aventura lui cu Camilla, așteptându-se ca toți să se amuze pe seama lui din nou și să-i spună totul lui Ellen.

—Interesant, își ridică Ellen ochii spre chipul lui. Asta înseamnă că nu ar trebui să dau atenție nimănui din familia ta.

—Mda, în principiu asta înseamnă, o aprobă Jay dând din cap.

—Mă întreb de ce, își îngustă ea ochii și îl privi speculativ.

—Aceea este o poveste pentru o altă zi, își scutură el capul și o trase mai aproape.

Acum, li se atingeau trupurile și, zâmpind ca un lup, Jay se aplecă spre ea pentru a-i fura încă un sărut. Exact în acel moment, șuieratul filtrului de cafea umplu bucătăria, iar bărbatul îi dădu drumul lui Ellen înjurând.

—Al naibii filtru, mormăi el și și se grăbi să îl închidă.

Ellen râse, iar Jay își întoarse capul înspre ea.

—Te amuzi pe seama mea, mârâi el, dar luminițele din ochii lui îi spuseră lui Ellen că doar glumea cu ea.

—Da, uriașule, mă amuz, îi răspunse ea pe un ton răutăcios.

—Știi că va trebui să te pedepsesc pentru chestia asta, îi replică Jay jucăuș, îngrijindu-se și de filtrul de cafea în același timp.

—Îhî, poți continua să visezi, îi replică femeia.

—Ar trebui să știi că eu întotdeauna visez, Elle, o avertiză el. Și mereu găsesc o cale să-mi îndeplinesc visele, își mișcă el sprâncenele spre ea.

—Da, sigur, dădu ea din mână cu neglijență.

—Vei vedea, o avertiză el. Sigur nu mai vrei niște cafea?

Ellen își scutură capul.

—Doar dacă vrei să mă duci la camera de gardă de la spital după aceea.

—Mai degrabă te-aș duce în altă parte, replică bărbatul cu dublu înțeles și privi spre ea cu speranță.

—Aha, continuă să visezi, își ridică ea bărbia cu încăpățânare, fluturându-și degetele spre el, iar Jay râse.

—În regulă, hai să ne întoarcem în camera de zi, își întinse el mâna spre ea, iar ea i-o luă, deși i se părea prostește să se țină de mână în casă.

—Blestemul? îi reaminti ea.

—Ţine-ţi curiozitatea sub control. Vom ajunge şi la afurisitul acela de blestem într-o clipă, spuse Jay, ajutând-o pe Ellen să ia loc pe canapea.

După aceea, el rămase în picioare, ochii săi plimbându-se între fotoliu şi locul de lângă Ellen.

—Doar decide-te, pentru numele lui Dumnezeu, explodă ea, când nu îi mai suportă indecizia.

—Mi-ar plăcea să stau lângă tine, dar aşezându-mă acolo nu mi-ar prea fi de ajutor să-ţi povestesc despre blestem. Eşti prea tentantă, mărturisi bărbatul.

—Atunci stai în fotoliu, pufni ea, dar de fapt, simţi o satisfacţie stranie clocotind în pieptul ei auzind cuvintele lui Jay.

—În regulă, spuse Jay şi se aşeză în fotoliul cel mai apropiat de ea. Ceea ce îţi voi spune, te va face să te uiţi cruciş, îi zise el după aceea.

—Încearcă-mă. Nu sunt chiar aşa slabă de înger, ridică Ellen din umeri.

O grimasă apăru la colţurile gurii lui Jay. El ştia mai bine despre ce vorbea.

—Oricum, iată cum stă treaba, respiră el profund. Străbunica mea este vrăjitoare.

—Ha! exclamă Ellen şi îl privi cu ochii mari. Eşti în regulă? Ţi-ai verificat contuziile?

—Da, sunt în regulă, dădu el din mână. Numai că trebuie să îţi păstrezi mintea deschisă pentru a accepta ceea ce urmează să îţi spun. Îmi imaginez că în fond chestia asta sună cam ieştită din comun pentru oamenii obişnuiţi, ridică el din umeri. Eu unul am crescut cu ea şi nu găsesc nimic extraordinar.

—Dar vrăjitoare, Jay? Ca în cea cu bagheta fermecată? întrebă Ellen, iar ochii ei se rotunjiră cu neîncredere.

—Nah, aceea este pentru copii. Străbunica nu are nevoie de o baghetă fermecată. Are nevoie doar să se concentreze.

—Despre ce naiba vorbești? își pierdu Ellen răbdarea.

—Aș putea să-ți arăt. Sau cel puțin, aș putea încerca să-ți arăt, spuse Jay cu o ridicare din umeri. Nu am fost niciodată prea bun la chestia asta cu magia, îi explică el. Prefer alte lucruri, deși nu sunt bun nici la ele, menționă bărbatul cu amărăciune.

—Cum mi-ai arăta? întrebă Ellen cu suspicune în voce.

—De exemplu, spune-mi ce ți-ar plăcea să-ți produc pur și simplu din aer. Nu un cal, te rog. Vraja ar putea reuși, deși mă cam îndoiesc, dar nu mi-ar veni ușor după aceea să explic un cal în apartament. Nu voi fi în stare să-l fac să dispară mai mult ca sigur. După cum am spus deja, nu sunt prea bun la chestiile astea, râse Jay, dar Ellen își dădu seama că nu se simțea în largul lui.

—Deci aș putea cere ceva, iar tu vei încerca să creezi acel ceva, ceru ea lămuriri, aplecându-se în față, curiozitatea fiindu-i stârnită acum.

—Mda. Oh, am uitat să-ți spun. Nici bijuterii sau ceva similar. Asta e o regulă sacră pe care nu o pot încălca. Nu avem voie să obținem câștig material cu vrăjile noastre.

—Interesant, murmură femeia. Bine, să alegem ceva care nu-ți va provoca niciun fel de ponoase. Lasă-mă să mă gândesc, ridică ea mâna.

După câteva clipe, femeia spuse:

—Știu ce. Mi-ar plăcea un bol cu înghețată de fistic, vârfuit cu frișcă și cu sos de ciocolată, se hotărî ea, zâmbind ca o pisică.

—Știam eu că ești un pisoi, Elle, își scutură Jay capul și își închise ochii. Nu puteai să alegi o minge mică sau un măr, bombăni el cu mâhnire.

Ellen îl privi cu atenție timp de un minut, iar sprâncenele i se urcară pe frunte. Picături de sudoare izvorîră la tâmplele bărbatului, iar buzele îi deveniră o linie subțire. Brusc, acesta își flutură degetele spre masa de cafea și un bol cu înghețată apăru pe ea. Ellen țipă, iar mâna îi zbură la piept.

—Oh, Dumnezeule, murmură ea. Nu îmi vine să cred.

—Crede, își deschise Jay ochii și spuse cu o voce obosită. Și să știi că nu a fost deloc ușor, adăugă el.

—Și nici măcar nu ai nimerit tipul de înghețată, izbucni Ellen în râs după ce se aplecă peste bol ca să verifice. Trei cireșe grase vârfuiau frișca și înghețata.

—Oh, la naiba.

Jay se aplecă deasupra mesei pentru a putea vedea mai bine.

—Ți-am spus că nu sunt bun la așa ceva, dădu el din mână în semn de batjocură de sine. Mulțumesc lui Dumnezeu că nu ai comandat un câine. Ne-am fi putut trezi cu un tigru sau cine știe ce.

Jay își scutură el capul și mai apoi râse, amintindu-și de ceva amuzant din copilăria lui.

—Știi, chestia asta i s-a întâmplat lui Maggie o dată. A cerut un pisoi mic și ne-am pomenit că împărțeam casa cu ditamai pantera.

Jay mai își scutură o dată capul și ochii i se încrețiră cu amuzament.

—Cred că aveam vreo zece ani la vremea aceea, își aminti el cu un zâmbet pe buze. Mama nu era acasă să se ocupe de problemă. Imaginează-ți că nu puteam nici să chemăm serviciile ce se ocupă de animale... Tata a reușit să ne încuie pe toți în biroul lui până ce a revenit mama acasă și a făcut pantera să dispară. Menajera era în pragul isteriei, râse el amintindu-și.

—Mama ta? De ce nu s-a ocupat tatăl tău de panteră? îl privi Ellen piezis.

—Tata nu e vrăjitor. Este doar o persoană obișnuită ca și tine, o informă Jay.

—Oh, înțeleg, murmură ea și, absentă, începu să mănânce înghețata. Nu e rea deloc, dădu ea din cap spre Jay.

—Ai curaj să mănânci chestia aceea, își scutură el capul de parcă nu îi venea să creadă. Nu aș îndrăzni să mănânc ceva ce am creat eu, așa, ca să știi.

Ellen îi îndepărtă cuvintele cu un gest.

—Este grozavă. Nu este fistic, asta este adevărat, nu se abținu ea să îl mai ia peste picior o dată.

Jay se mulțumi să ridice din umeri.

—Ți-am spus că nu sunt prea bun la chestia asta. Acum, mă crezi? întrebă el și speranța îi luci în ochi.

—Într-un fel, admise femeia. Într-un fel abstract. De fapt, nu vreau să mă gândesc la această fațetă a ta. Oricum, tot mai ai să-mi spui despre blestem, își îndreptă ea lingurița spre el pentru a-și sublinia spusele.

—Am uitat, ridică Jay din umeri. Oricum, cum am spus străbunica este vrăjitoare. A fost măritată cu un vrăjitor, iar omul a părăsit-o pentru o altă femeie. Mai rău de atât, acesta a aruncat o vrajă asupra femeii aceleia pentru ca aceasta să se îndrăgostească de el, iar acest lucru nu este ceva ce avem voie să facem, sublinie el.

Ellen îl asculta captivată de acum. Chiar uitase să-și mănânce înghețata.

—Mai apoi, câţiva ani după aceea, Evelyne, strămătuşa mea s-a sinucis, Jay contină. A fost părăsită la altar. O altă femeie, tot vrăjitoare, aruncase o vrajă asupra mirelui. Aceasta a făcut-o pe străbunica să blesteme toate generaţiile ce urmau, se strâmbă el. Cam la fel ca într-o telenovelă proastă, îşi scutură el capul. În fine, pentru a ne putea atinge potenţialul şi a ne obţine puterile trebuie să îndeplinim ceva anume. Îmi păre rău, dar nu îţi pot spune despre asta, îşi scutură el capul. Pot doar să te asigur că nu include uciderea cuiva sau luarea unei prinţese prizoniere şi închiderea ei în turn, se grăbi el să spună când observă că Ellen se încrunta. Este ceva legat de dezvoltarea noastră emoţională dacă vrei, îşi flutură el mâna spre ea.

Ellen îşi înclină capul pe o parte şi îl studie prin ochii îngustaţi.

—Vreau să îmi dovedeşti că poţi citi cărţile, spuse ea, iar ochii lui Jay se lărgiră.

Bărbatul o privi uluit timp de câteva secunde, iar apoi dădu din cap.

—Bine, spuse el. Întotdeauna ţin un pachet sau două în casă. Sigilate, vreau să spun, se grăbi el să o informeze pentru ca femeia să nu îşi facă idei greşite.

Jay se aplecă şi deschise unul din sertarele măsuţei de cafea şi scoase câteva pachete de cărţi. Le dădu deoparte pe două dintre ele.

—Astea sunt deja deschise, îi explică el. Alege unul dintre cele sigilate, o invită el cu un gest.

Ellen alese un pachet de cărţi, iar apoi îşi ridică ochii spre el.

—Şi acum ce facem? întrebă ea.

—Ei bine, hai să facem testul cât mai greu de contestat, replică Jay. Eu mă întorc cu spatele. Tu deschizi pachetul și alegi cinci cărți. Le pui cu fața în jos pe masă, dar nu în teanc. Este mai dificil în felul acela, ridică el din umeri. Tot voi fi în stare să spun ce cărți sunt pe masă, dar îmi va lua mai mult decât câteva secunde. Oricum, ascunde-le pe celelalte după ce întinzi cărțile. Apoi îmi vei spune să mă întorc, iar eu voi ghici ce cărți sunt pe masă, îi explică el pe îndelete.

—Bun atunci, întoarce-te, îi făcu Ellen semn cu degetul pentru a-l face să se miște.

Jay se ridică și se îndreptă spre bucătărie, ținându-și spatele spre ea. Când femeia îl chemă înapoi, o găsi sprijinită de spătarul canapelei, iar cinci cărți erau împrăștiate în fața ei pe măsuța de cafea.

Bărbatul surâse, iar ochii lui trecură peste cărți timp de câteva clipe.

—Deci, prima, arătă el spre cartea în chestiune. Aceea este Regina de cupă. A doua este zecele de caro, își mută el degetul spre cea de-a doua din șir. A treia este patru de inimă neagră. A patra este Regele de cupă, iar a cincea este Asul de caro, încheie el, ridicându-și ochii spre Ellen.

Femeia îl privea șocată.

—De necrezut, șopti ea. Chiar le poți citi.

—Lucrul ăsta ți l-am tot spus de o vreme, îi replică Jay pe un ton sec.

—Încă o dată, insistă Ellen, care tot nu credea că omul era capabil să spună ce cărți întinsese ea pe masă.

—Dacă vrei tu, ridică Jay din umeri și se întoarse în bucătărie.

Ellen înlocui trei dintre cărți, luând alte trei cărți din pachetul pe care îl ascunsese sub ea. Femeia se jucă cu poziția lor și le schimbă locul în rând de câteva ori. După aceea oftă și îl chemă pe Jay.

—Poți să te întorci.

Jay reveni cu mâinile în buzunare. Ochii lui trecură peste cărți și un surâs de lup îi înflori pe buze. Își scutură capul și spuse:

—Chiar ai crezut că aș deveni confuz dacă le schimbi locul pe masă?

Ellen ridică din umeri, dar nu comentă. În fapt, nu mai avea niciun fel de cuvinte.

—Deci, să vedem. Ai aici zecele de caro, apoi Regina de cupă, Regele de cupă, șaptele de inimă neagră și patru de cupă, indică Jay fiecare carte din șir.

Ellen își scutură capul.

—Ești uimitor, se holbă ea la el. Aceasta este nemaipomenit, Jay.

Jay îi surâse.

—În sfârșit, am reușit și eu să te fac să mă admiri pentru ceva.

—Nu îți fă griji. Te-am admirat eu și pentru alte chestii, îi replică ea cu un zâmbet.

Jay căzu pe canapea imediat și se întinse spre Ellen. O trase pe femeie în brațele lui și îi privi chipul cu intensitate, ridicându-și degetele spre gura ei. Bărbatul îi frecă buza inferioară cu degetul lui mare, iar apoi se aplecă asupra ei pentru a-și înlocui degetul cu gura lui.

Un ciocănit răsună la ușa de la intrare, iar Jay se trase imediat înapoi. Sări în picioare și se grăbi să strângă cărțile și să le arunce într-unul din sertarele de sub măsuța de cafea.

Ellen privi mișcările agitate ale bărbatului cu uimire și întrebă:

—Ce se petrece?

CAPITOLUL ȘAISPREZECE

—Numai familia mea are voie să vină sus fără să treacă prin biroul de primire de jos. Iar aceasta numai în timpul zilei, îi explică Jay. Așa că trebuie să fie unul dintre ei. Îți amintești că ți-am cerut să îmi promiți că nu vei spune niciun cuvânt despre ceea ce ți-am spus?

Ellen dădu din cap, privindu-l cu ochii ei migdalați.

—Ei bine, nu avem voie să dezvăluim secretul familiei. Așa că, te rog, păstrează tăcerea, da? o imploră el din ochi, iar apoi se duse să deschidă ușa.

Ciocănitul devenise insistent și îl călca deja pe nervi. Jay deschise ușa cu un gest nervos.

—Ce naiba, începu el să strige, dar când dădu cu ochii de mama și tatăl lui, își înghiți cuvintele. Bună, mamă, tată. Interesant să vă văd aici, observă el.

—Încetează cu prostiile, Jay, îl dojeni mama lui. Am aflat tot.

—Înțeleg, spuse Jay pe un ton uscat. Matt și gura lui mare, presupun, adăugă el.

—Nu ai dat niciun semn de viață timp de două săptămâni, fiule, îi replică Jonathan, tatăl său, pe un ton apologetic.

—Nu noi trebuie să ne cerem scuze de la el, se răsti Marjorie. Nu ne-a spus ce i s-a întâmplat ba chiar ne-a lăsat să ne mai și perpelim de grija lui. Și ce ai de spus despre acea obrăznicătură care mi l-a aruncat pe Matt afară din apartamentul tău? Cine este ea? continuă mama lui să tune și să fulgere.

—Mamă, începu Jay să spună pe un ton de avertisment, dar vocea lui Ellen îl opri.

—Eu sunt obrăznicătura, femeia anunță pe un ton fără niciun fel de inflexiune, iar Jay se strâmbă,

Bărbatul sperase ca Ellen să nu fi auzit cuvintele mamei sale.

—Dă-te la o parte, fiule, îi ordonă Jonathan. Vreau să văd fata, îl impulsionă el pe Jay să se miște cu o mică împunsătură de încurajare.

O măsură pe Ellen în mod deschis, iar apoi remarcă:

—Este o obrăznicătură frumoasă, îl plesni el pe Jay peste umăr. Poate ai vrea totuși să faci prezentările, fiule, își ridică bărbatul una dintre sprâncene, continuând să-i zâmbească lui Ellen care îl privea pe bărbatul înalt și întunecat cu uluire.

—Mamă, tată, aceasta este Ellen, le spuse Jay părinților săi. Elle, aceasta este mama mea, Marjorie, a cărei gură uneori vorbește fără ea, spuse el, iar maică-sa îl străpunse cu o privire plină de înțeles.

Jay doar rânji, iar apoi continuă cu prezentările.

—Acesta este tatăl meu, Jonathan.

—Elle? se interesă tatăl lui cu o ușoară încruntare din cauza confuziei pe care o încerca. Nouă ne-ai spus că numele ei este Ellen.

—Este Elle numai pentru mine, să răsti Jay. Voi o veți numi Ellen.

Jonathan râse și își scutură capul. Se întoarse spre Marjorie și spuse:

—Fiul tău a fost întotdeauna un băiat cam ciudat.

—Este fiul meu când este ciudat, hmm? își lovi ea soțul cu cotul în coaste, iar acesta gemu.

—Ai grijă cu coastele mele, iubirea mea. Nu mai sunt tinerel cam de ceva vreme.

Marjorie făcu un gest cu mâna să îl facă pe Jonathan să tacă din gură, iar apoi se întoarse spre Ellen.

—Eu sunt Marjorie, spuse ea.

Ellen se înroși, iar apoi, cu o ezitare, se întinse să îi strângă mâna mamei lui Jay, dar se pomeni îmbrățișată cu căldură de Marjorie. Îngheță pe loc, neștiind ce să mai facă.

Mama lui Jay o strânse în brațe pe tânăra femeie și îi șopti în ureche:

—Chestia de am spus-o cu obrăznicătura era numai pentru Jay. Doream numai să îl provoc pentru ca să îmi spună tot. Așa că nu o lua personal.

—Ce îi spui? o smulse Jay pe Ellen din brațele lui Marjorie și o trase spre el.

Sprâncenele bărbatului se adunaseră într-o încruntătură, iar maxilarul îi era încordat.

Jonathan își scutură capul.

—Ăsta este mai rău decât Matt, observă el, iar Marjorie își exprimă acordul dând din cap.

—Așa se pare, murmură ea. Nu ne inviți înăuntru, fiule?

Ochii lui Jay se întoarseră panicați spre camera de zi. Uitase de bolul cu înghețată și se temea că mama sa va ghici absolut totul. Ellen însă se mulțumi să-și împletească degetele cu ale lui și să îi strângă mâna pentru a-l liniști.

—Care este problema, fiule? se încruntă Jonathan, simțind că ceva nu era tocmai în regulă.

—Cred că Jay își face griji pentru că eu am dorit înghețată, iar el a comandat doar una. Nu vrea să pară nepoliticos din cauză că nu vă poate oferi și vouă, le explică Ellen pe o voce calmă.

Fată deșteaptă, reflectă Jay. *Oare de ce nu m-am gândit și eu la chestia aceasta?* mustăci el.

—Nu ne pasă nouă de înghețată, își flutură Marjorie degetele cu nonșalanță. De fapt, am adus noi mâncare și deserturi pentru tine, menționă femeia, arătând spre punga imensă pe care soțul ei o lăsase lângă ușă.

—Oh, da, se grăbi omul să ridice sacoșa. Am uitat de asta, mărturisi el. Știți voi, cu toată această discuție, ridică el din umeri. Mami ți-a adus o mulțime de bunătățuri, îl informă el pe Jay, înmânându-i punga.

—Mulțumesc, mami, spuse Jay cu entuziasm, iar ochii îi sclipiră cu lăcomie.

Se gândise deseori la tratațiile culinare ale mamei sale pe vremea când a fost obligat să stea în casă. Marjorie îi înlătură vorbele cu o fluturare a mâinii și trecu pe lângă el înspre camera de zi. Se așeză pe canapea și o invită pe Ellen să i se alăture cu un gest.

—Vino, draga mea. Hai să vorbim puțin. Jay va fi ocupat cu mâncarea, menționă ea, nu fără ușoară ironie, din moment ce își cunoștea fiul foarte bine.

Ellen își întoarse ochii spre Jay, căutând o îndrumare ceva, dar bărbatul doar ridică din umeri. Nu știa ce să spună.

—Soția mea nu o va mânca, spuse Jonathan și își puse brațul în jurul umerilor lui Ellen, dirijând-o spre canapea. Tu poți să ne ții companie în timp ce Jay se ocupă de punga aceea, spuse el.

Jay oftă în sinea lui, privindu-i, iar apoi se grăbi spre bucătărie să scoată mâncarea din sacoșă. Dorea să se întoarcă cât mai repede posibil în camera de zi, temându-se că părinții săi ar putea spune ceva care să o supere pe Ellen. Bărbatul nu excludea nici posibilitatea ca Ellen să le spună ceva ce nu ar trebui.

Începu să scoată diverse containere cu mâncare din pungă și să le îndese în frigider, fără ca măcar să se uite înauntru să vadă ce i-au adus părinții lui.

—Oh, Jay, ești comic, veni vocea lui Ellen dinspre ușă, iar el se întoarse spre ea.

—De ce spui asta? întrebă el, ținând un container de sticlă în mână.

—Ești prea agitat, iar asta îi va face să ghicească prea multe lucruri, se apropie ea de el și îi șopti. Trebuie să îți păstrezi calmul. Ca și cum nu ai avea nicio grijă pe lumea asta, își scutură ea capul. Oricum, eu am venit să fac cafea, menționă ea pe un ton normal, iar apoi se întoarse spre filtrul de cafea. Poate vrei să te uiți în acele containere. Unele s-ar putea să trebuiască să meargă în congelator, îl sfătui femeia, luând cafetiera pentru a o umple cu apă.

Ochii lui Jay îi urmăreau fiecare mișcare. Bărbatul uitase că ținea ceva în mână sau că ușa de la frigider rămăsese deschisă. Pașii supli ai lui Ellen, precum și balansul delicat al șoldurilor ei, îl fascinau.

—Mai mult decât atât, ar fi frumos să pui ceva pe o farfurie să îi servești și pe părinții tăi, îi spuse ea în timp ce umplea carafa cu apă.

Ellen îi simțise ochii pe ea și nu voia să îl lase să înțeleagă că era conștientă de privirea lui. Se simțea din ce în ce mai frumoasă sub privirile fixe ale lui Jay, iar acel lucru o făcea mai încrezătoare în sine însăși. Bărbatul era bun pentru egoul ei.

Și nu este doar un tip care arată bine. Este și interesant, inteligent și grijuliu. Acum, aceasta este o combinație fascinantă, mustăci ea. *Nu cred că am întâlnit vreodată pe cineva ca el, care să mă facă să mă simt așa cum mă face el să mă simt,* își scutură ea capul.

—Ce este, Ellen? veni vocea lui Jay din spatele ei, iar abia atunci ea își dădu seama că apa tot curgea și dădea pe dinafară din carafa plină.

—Nimic, doar mă gândeam, replică Ellen și închise robinetul.

—Nu atât de repede, iubito. Ceva te necăjește, îi blocă Jay calea când dori să se întoarcă la filtrul de cafea.

—De fapt, nu, îi zâmbi Ellen strălucitor. Tocmai mi-am ordonat câteva idei în cap, se lovi ea cu vârful unui deget în tâmplă.

Jay se strâmbă, gândindu-se la tot ce era mai rău, iar Ellen râse.

—Nu te teme, Jay. Pot să-ți promit că totul este bine, spuse femeia, punându-i o mână pe piept.

Putea simți că inima bărbatului bătea mai repede, iar colțurile gurii ei se întoarseră în sus.

—Aceasta este bine, replică Jay pe un ton liniștit, iar apoi, aplecându-se în față, își frecă buzele de gura ei.

După aceea, pași înapoi și luă carafa din mâna ei.

—Eu voi face cafeaua, decise el. Tu ocupă-te de platoul acela de care vorbeai. Să aranjez așa ceva este un alt lucru la care nu mă pricep, se strâmbă el.

—Lasă că te pricepi tu la destule, îi șopti Ellen.

Pentru prima dată, luă ea inițiativa și se ridică pe vârfuri să ajungă la el. Îi dădu un sărut ușor, alintându-i chipul în același timp.

—Mă voi ocupa eu de platou, nu te teme, surâse ea când îi văzu ochii uluiți.

CAPITOLUL ȘAPTESPREZECE

Ellen puse platoul pe măsuța de cafea și se așeză din nou lângă Marjorie, ai cărei ochi de un albastru închis îi urmăreau fiecare mișcare.

Matt a luat ochii de la ea, observă Ellen.

Marjorie aruncă o privire spre platou și surâse.

—Tu ai făcut chestia asta. Jay ar fi aruncat câteva lucruri acolo într-o manieră dezordonată. Am încercat să-l învăț, dar am eșuat, își scutură femeia capul cu tristețe exagerată, iar Ellen râse.

—Ei bine, este el bine așa cum este, observă tânăra femeie, iar Jonathan își exprimă acordul dând din cap.

—Matt ne-a spus că i-ai salvat pielea lui Jay, deschise el subiectul pe care voiau să îl discute soția lui și cu el.

Ellen ridică din umeri.

—Doar am ajutat.

—Noi am auzit o poveste diferită, se încruntă Marjorie. Înțeleg că cinci indivizi l-au bătut, iar tu a trebuit să intervii cu un pistol pentru a-i opri.

—Așa cum am mai spus și înainte, Matt are o gură mare, spuse Jay, venind cu o tavă cu cești de cafea și punând-o pe masă. Familia asta este ceva de necrezut, îi spuse el lui Ellen. Dacă strănuți de dmineață, până la prânz absolut fiecare membru al familiei a aflat.

—Nu vorbim aici de un strănut, Jay, interveni tatăl său pe un ton dur.

Ellen observă sclipirea de mânie din ochii lui Jay și spuse:

—Jay este bine și asta este ceea ce contează.

—Dacă nu ar fi atât de încăpățânat și ar înceta să mai meargă la cazinouri ca să joace cărți, nu s-ar fi întâmplat nimic de acest gen, remarcă Marjorie pe un ton sec.

—Dar atunci, nu aș fi întâlnit-o pe Ellen, i-o întoarse Jay cu supărare.

Marjorie îl măsură cu grijă, iar apoi își scutură capul:

—Ce este menit să se întâmple, se întâmplă oricum, fiule. Poate că nu ai fi întâlnit-o acolo, dar cu siguranță ai fi cunoscut-o.

—Nu ai de unde să știi acest lucru, replică Jay pe un ton furios.

—Îmi pare rău, dar acum eu sunt confuză, interveni Ellen și toți se întoarseră spre ea. Care este subiectul de discuție acum?

Jonathan râse.

—Dacă ar fi să ghicesc, Jay tocmai și-a declarat intenția de a te păstra.

—Nu sunt un câine pierdut, replică Ellen pe un ton uscat.

—Bineînțeles că nu ești, iubito, alungă Jay cuvintele tatălui său cu un gest, iar apoi se așeză pe mânerul canapelei de lângă Ellen. Își trecu buzele peste tâmpla ei și îi mângâie umărul.

—Văd că ai adus ceștile, spuse Marjorie. Dar nu văd să fi adus cafeaua, zahărul sau laptele, adăugă ea cu subînțeles.

—Ce naiba? mai că strigă Jay, supărat că fusese întrerupt.

Ellen îi strânse mâna.

—Doar adu cafeaua, Jay. Vin cu tine și te ajut cu zahărul și laptele, îl împinse ea la o parte pentru a se putea ridica.

—Nu, stai aici. Voi aduce totul într-o clipă, bărbatul o opri pe Ellen și se îndreptă spre bucătărie din nou.

Marjorie și Jonathan schimbară o privire încărcată de înțeles. Ellen le observă schimbul de priviri și întrebă:

—Ce se petrece?

—Nimic, se grăbi Marjorie să spună. Sântem doar foarte fericiți că fiul nostru te-a găsit.

—Ce vrei să spui? întrebă Ellen confuză.

—Este foarte simplu, domnișoară, interveni Jonathan. Jay este prins de-a binelea. Pentru prima dată în viața lui are sentimente reale pentru cineva. Sunt sigur că ai remarcat cât de mult ține la tine, își arcui bărbatul sprâncenele.

Ellen își scutură capul pentru a-i respinge cuvintele.

—Ce naiba, tată? Chiar este nevoie să-i spui ei că o iubesc înainte să apuc eu să o fac? se răsti Jay din ușa bucătăriei.

CAPITOLUL OPTSPREZECE

Ochii lui Ellen se lărgiră atât de mult încât îi invadară întregul chip. Se holba la Jay uluită.

—Pari să fi extrem de entuziasmată de sentimentele mele, remarcă băbatul pe un ton uscat.

Femeia doar dădu din mână, incapabilă să spună ceva. Nu era în stare să pronunțe un singur cuvânt și înghiți cu greu.

—Suspansul mă ucide, Elle, spuse Jay printre dinții strânși, plin de anxietate.

—Dă-mi un moment, se repezi ea la el. Nu e ca și cum aud așa ceva în fiecare zi.

Atunci Jay înțelese că era doar șocată și surâse.

—În regulă, iubito, nu e nicio grabă. Pot aștepta, o asigură el, anxietatea lui dispărând acum.

—Poate ar fi mai bine să mergem acasă, îi spuse Marjorie lui Jonathan. Probabil că trebuie să discute între ei singuri, sublinie ea.

—În regulă, își plesni Jonathan mâinile de genunchi. Să ne ții la curent, Jay, se întoarse el spre fiul său, iar Jay dădu din cap.

—Să-mi spui dacă pot organiza o petrecere pentru duminica viitoare, nu uită Marjorie să menționeze.

Jay flutură din mână pentru a-i da de înțeles că i-a auzit cuvintele, dar ochii lui nu-i părăsiră chipul lui Ellen.

—Și ne-ar place să avem ocazia unei vizite cu Ellen și să ajungem să o cunoaștem mai bine, insistă mama lui, dar Jay nu reacționă.

Jonathan se mulțumi să-și scuture capul.

—Ți-am spus, îi zise el soției sale încet. Este mai rău decât Matt.

—Ah, apropo, interveni Jay când auzi numele fratelui său. Dacă îl vezi pe Matt, spune-i că vreau să îl dea în judecată pe proprietarul cazinoului în numele meu.

Buzele lui Ellen se despărțiră, iar acum femeia arăta de parcă ar fi lovit-o cineva în cap. Prea multe surprize veneau una după cealaltă.

—Se va face justiție, îi spuse Jay pe un ton coborât.

CAPITOLUL NOUĂSPREZECE

—Jay, nu sunt sigură că înțeleg ce îți trece prin minte, îl întrebă Ellen pe bărbat după ce părinții săi plecară. Mai mult de atât, tocmai i-ai trimis pe părinții tăi acasă după ce ai pus platoul acela uriaș pe măsuța de cafea, își aruncă ea privirea spre platoul umplut cu produse de patiserie și prăjituri, care rămăsese neatins în mijlocul mesei de cafea.

—Le putem mânca noi, nu este o problemă, își flutură Jay mâna cu nerăbdare.

Femeia râse nervos.

—Dacă tu crezi că mai pot mânca, ți-ai pierdut mințile, își scutură ea capul.

—Haide, Elle, este deja după-masă. Sunt sigur că poți mânca ceva, spuse el pe un ton convingător, așezându-se lângă ea și luându-i mâna să se joace cu ea.

—Ești de necrezut, își scutură Ellen capul, cu un zâmbet incert pe chip. Vrei să îmi explici ce s-a întâmplat acum câteva clipe?

—Am crezut că sunt atent, replică bărbatul pe un ton moale. Hai să vedem ce nu ai înțeles, o invită el să vorbească.

—De exemplu, partea aceea despre Matt și darea în judecată a proprietarului de cazino, se încruntă Ellen.

—Ah, asta-i uşor, îşi ridică el ochii spre faţa ei, cu un surâs pe buze, dar după aceea deveni serios. Aceasta este singura posibilitate pentru a-ţi obţine răzbunarea, Elle. Nu poţi dovedi că un joc este aranjat, îşi scutură el capul.

Ellen încercă să spună ceva, dar Jay o strânse de mână.

—Nu poţi, Elle. Dar în schimb, vom putea dovedi că le-a cerut oamenilor lui să mă bată. Matt este un om foarte prudent, vezi tu. Deja mă întrebase dacă vreau să deschid proces. De asemenea, a făcut şi poze cu vânătăile mele în caz că mă răzgândesc, pentru că refuzasem la vremea aceea. Cu acele poze şi cu mărturia ta, putem să îl acuzăm şi pe proprietar şi pe haidamacii lui. Desigur, pentru a fi siguri că nu lăsăm absolut nimic la capriciul şansei, îi vom da în judecată şi într-un proces civil, îi explică Jay gândurile sale în detaliu.

—Dar tu nu ai vrea să treci printr-un proces, îşi strânse Ellen buzele.

—Nu ai înţeles punctul meu de vedere, iubito, îşi scutură Jay capul. Nu am vrut să merg la tribunal atunci. Acum vreau cu siguranţă şi îţi promit că pielea individului ne va aparţine, privi el drept în ochii femeii plin de încredere.

—Dar de ce ţi-ai schimbat părerea? îi cercetă Ellen ochii lui Jay.

—Pentru că este important pentru tine ca proprietarul cazinoului să fie acuzat, spuse Jay pe un ton concret.

—Nu, nu-ţi voi cere să faci ceva ce nu îţi place, îşi scutură femeia capul. Voi găsi altă soluţie.

Jay o trase de mână:

—Elle, ascultă-mă. Nu există altă soluţie. Şi nu îţi fă tu griji că mi-ar displace. De fapt, îmi place ideea din ce în ce mai mult, o asigură el. Crede chestia asta, spuse el printre dinţi, mâniat când observă privirea plină de îndoială a femeii.

—Asta este o schimbare de opinie ciudată din partea ta, remarcă Ellen.

—Probabil că nu ai dat atenţie la cealaltă parte a discuţiei, replică bărbatul pe un ton sec.

Ellen se înroşi, semn că de fapt chiar dăduse atenţie conversaţiei.

—Şi acea parte este de necrezut, Jay, replică ea.

—Ce este atât de necrezut? se încruntă el.

—Acum două săptămâni mi-ai cerut să plec pentru că nu mai suportai să mă vezi. Ne întâlnim din nou astăzi şi, brusc, eşti... îndrăgostit, remarcă femeia pe un ton ce denota neîncrederea. Nimeni nu se îndrăgosteşte în câteva ore, sublinie ea pe un ton sarcastic. Trebuie că ai altceva în minte, îşi scutură ea capul.

—Nu te-am cerut încă de soţie, se răsti Jay la ea. Oricum, pentru informarea ta, unii oameni se îndrăgostesc în mai puţin de o oră, sublinie el pe un ton răutăcios.

—Ha! pufni ea cu dispreţ.

—Becka şi Bryan s-au îndrăgostit, spuse Jay.

Ellen îl privi uimită.

—Nu te uita la mine aşa. Ei doi s-au îndrăgostit astfel. Foarte rapid. Iar dragostea dintre ei tot continuă să crească şi să se dezvolte, menţionă bărbatul. Oricum, nu despre aceasta este vorba. Când ţi-am cerut să pleci, eram sătul de vânătăile mele şi de criticile tale constante. Aceasta nu înseamnă însă cu nu te plăceam şi atunci. Te plăceam, nicio grijă. Chiar prea mult, mormăi Jay. Nu mi te-am putut scoate din minte zile în șir. Chiar și astăzi am decis să ies pentru că îmi tot apăreai în minte și nu mai puteam face nimic, mărturisi el.

—Dar să le spui părinților tăi, începu Ellen să spună, dar el o întrerupse cu un strigăt mânios.

—Nu le-am spus nimic, îi dădu el drumul la mână și se ridică în picioare, simțind nevoia să se miște.

O porni înspre bucătărie și apoi, brusc, se întoarse spre ea.

—Au ghicit singuri, dacă nu ai remarcat, adăugă el, înainte să dispară în bucătărie.

—Ce faci? se ridică și Ellen în picioare, privind după el.

—Nu știu, recunoscu bărbatul. Doar că am nevoie să mă mișc.

Sprâncenele lui Ellen se arcuiră pe frunte, iar femeia își scutură capul surprinsă.

—De ce?

—Nu știu, veni vocea lui Jay din bucătărie. Sunt prea agitat, adăugă el.

—Ce se petrece, Jay? veni Ellen la el și îl găsi la fereastră, privind afară.

—Sunt supărat, replică el fără să se întoarcă spre ea.

—Pe mine, trase ea concluzia.

—Pe tine, dădu el din cap. Și pe mine.

—Ești un tip ciudat, Jay, râse ea.

Voi înțelege oare vreodată cum îi merge mintea? se întrebă ea.

Bărbatul ridică din umeri, iar apoi își întinse mâna spre ea. Ellen ezită o secundă numai, dar apoi veni mai aproape de el și își puse degetele în palma lui cu timiditate.

—Elle, spuse el aproape inaudibil, jucându-se cu degetele ei și uitându-se fix la mâna ei mică, culcușită într-a lui. Nu pot să nu mă întreb... oare de ce nu vrei să-mi dai nicio șansă?

—O șansă? Să faci ce?

—Îți simt neîncrederea, ridică Jay din umeri. Mă placi într-un fel, nu-i așa?

Ellen râse nervos și apoi dădu din cap.

—Da, te plac, poate chiar prea mult.

—Este chiar atât de rău? își ridică el ochii la ai ei, iar lumini luciră în pupilele lui.

—Nu știu, mai că șopti ea. Întotdeauna am evitat orice fel de relații. Nu cred în dragoste sau ceva similar, mărturisi ea.

—Eu cred, spuse el liniștit. Nu am mai fost îndrăgostit înainte de acum, asta este adevărat, însă am văzut cum este relația dintre părinții mei, Elle. Pot să văd cum sunt Becka și Bryan împreună. Ce naiba, m-am distrat de minune când s-a îndrăgostit Matt, izbucni el în râs și își scutură capul. Poate că tu nu ai avut șansa să vezi cum funcționează. Dar hai să aflăm împreună, deveni el serios și își fixă ochii pe chipul ei.

Intensitatea ochilor lui negri îi fură femeii răsuflarea. Ellen își linse buzele cu nervozitate, și își coborî ochii. Privi spre mâinile lor împreunate, iar ceva asemănător dorului îi străpunse inima. Își scutură capul, dorind să îl alunge.

Jay trase de mâna ei, iar Ellen își ridică ochii la fața lui.

—Nu este dificil, șopti el, trăgând-o spre el și petrecându-și brațul în jurul ei. Doar lasă-te dusă de val, micuțo, își îngropă el fața în părul ei și îi sărută tâmpla.

Lui Ellen îi plăcu felul în care se simţea trupul lui Jay alături de al ei, şi îşi aplecă capul pe pieptul lui. Jay continua să îi ţină una din mâini într-a lui, aşa că ea îşi petrecu cealaltă în jurul taliei lui şi îşi potrivi trupul la al lui mai bine. Un oftat de mulţumire zbură de pe buzele ei, iar Jay surâse.

Ajung eu unde vreau. Voi trece prin toate zidurile tale, iubito, îşi promise el sieşi.

Jay o ţinu în braţe timp îndelungat, doar trecându-şi buzele peste părul şi tâmpla ei. Ea se strânse lângă el ca un pisoi, mulţumită de gesturile bărbatului.

—Hai să golim platoul cu produsele de patiserie, propuse Jay după o vreme.

Ellen îşi ridică capul şi îl privi cu uimire.

—Nu, pe bune, eşti totuşi capabil să mănânci toate pateurile acelea?

—Cu ajutorul tău? Desigur, ridică el din umeri.

—Uită de ajutorul meu, uriaşule, se trase ea din braţele lui. Mai am nevoie de câteva ore înainte de a putea înghiţi altceva.

—Bine atunci. Hai să vorbim, iar eu voi mânca, propuse Jay. Dar vei merge la cină cu mine, decretă el.

—Te gândeşti la orice altceva în afară de mâncare? se minună femeia.

—Desigur, replică el, privind drept în ochii ei. Însă este prea devreme pentru asta, mi-e teamă. Dar m-am tot gândit la acest lcuru din momentul în care ţi-am cerut să pleci, mărturisi el.

Când îi prinse înţelesul cuvintelor, Ellen se înroşi violent şi îl plesni peste piept.

—Poţi să te gândeşti în continuare la chestia aceea. Nu vei avea o şansă prea curând, îi spuse ea pe un ton supărat.

Şi totuşi, Jay observă că anxietatea se împletea cu curiozitatea în ochii ei.

Acum, acesta este un lucru foarte interesant, mustăci el. *Cred că această femeie are mai multe surprize pentru mine decât aş fi crezut.*

CAPITOLUL DOUĂZECI

Î n următoarea sâmbătă, Jay păși cu un pas iute în clădirea joasă de apartamente unde locuia Ellen. Bărbatul nu uitase dorul pe care îl zărise în ochii lui Ellen în timp ce aceasta privea lacul de la balconul său, iar de aceea, aranjase cu Becka și Bryan să iasă pe lac în ziua aceea. Cuplul acceptase imediat pentru că părinții Beckăi voiau să stea cu bebelușii toată ziua de sâmbătă.

Jay îi spusese lui Ellen despre planurile sale în noaptea precedentă când a condus-o înapoi acasă. Mai întîi, o scosese la cină mai devreme în seara aceea, iar apoi a dus-o la un spectacol muzical. De asemenea, hoinăriseră pe străzile din Districtul de Divertisment vreo două ore după ce spectacolul se terminase.

Ellen fusese încântată de invitația lui Jay până ce bărbatul o avertizase că vine să o ia în jur de șapte dimineața. Jay încă își mai amintea cum se strâmbase femeia, precum și cuvintele ei, și surâse.

Ellen nu era o persoană căreia să-i placă să se trezească devreme de dimineață, dar cum nici Jay nu era o persoană matinală, acel lucru nu îl deranja defel. De fapt, bărbatul descoperise că ei doi aveau multe lucruri în comun, deși se ciondăneau regulat.

Ce naiba, scânteile aduc mai multă culoare în viața mea, reflectă el.

Ellen şi Jay ieşeau împreună de o săptămână întreagă deja. Petrecuseră zile întregi unul în compania celuilalt, aşa că Jay învăţase multe despre tânăra femeie.

Fiecare oră petrecută alături de Ellen îi întărise hotărârea lui Jay de a o păstra pentru sine. Se potriveau bine ei doi.

Acum numai de i-aş convinge şi mintea aia încăpăţânată a lui Elle, bombăni el cu necaz, în timp ce urca scările spre etajul patru.

Deşi Jay nu era în mod deosebit încântat să se trezească devreme dimineaţa, insistase să aibă un mic dejun privat cu Ellen, aşa că adusese mâncarea cu el. Ştia că Becka planificase un picnic la casa de la lac a lui Bryan pentru mai târziu.

Dar de fapt, Jay voia să o aibă pe Ellen numai pentru sine câteva ore. Nu se sătura deloc vorbind şi jucându-se cu ea.

La început, Ellen nu se prea descurca când era vorba să se joace, dar între timp învăţase.

Femeia bombănise atunci când Jay îi prezentase planul lui, dar acceptase şi destul de repede. În afară de entuziasmul pentru plimbarea pe lac, părea că şi ea se bucura de timpul petrecut cu el din ce în ce mai mult, mai ales dacă nu exista niciun fel de interferenţă a lumii din afară.

Speranţele lui Jay creşteau cu fiecare minut şi bărbatul nu mai putea de nerăbdare să vină momentul când putea să spună că era a lui. Probabil că mai avea un moment de nesiguranţă când şi când în ceea ce privea succesul lui, dar nu îi permitea îndoielii să înflorească în mintea lui.

Când ajunse la etajul al patrulea, Jay ciocăni scurt în uşa lui Ellen, iar apoi ascultă atent. Nu se auzi nimic dinăuntrul apartamentului, nici sunet de paşi, nici altceva, iar bărbatul se încruntă pentru o clipă. Apoi, ridică din umeri şi ciocăni din nou mai tare.

Un moment mai târziu, ceva lovi uşa de la intrare, iar el rânji. Mai că putea vizualiza cum Ellen înhăţase un pantof pentru a-l arunca în uşă.

Jay decise că era în regulă să mai ciocăne o dată. Ellen nu se trezise încă, dar trebuia să se trezească. Lovi uşa cu încheieturile degetelor mai insistent, iar spre plăcerea lui, îi ajunseră la urechi înjurăturile lui Ellen.

Sprâcenele i se urcară pe frunte. Bărbatul nu crezuse că femeia ar fi ştiut acele cuvinte. Cel puţin, nu le pronunţase niciodată în prezenţa lui.

Deci tot mai ai unele secrete, rânji Jay ca un lup şi bătu în uşă din nou cu şi mai multă hotărâre.

—Ce este? strigă ea furioasă din spatele uşii.

—Elle, iubito, sunt eu, Jay, spuse el, abia ţinându-şi râsul sub control.

—Şi? se răsti ea, iar el îşi scutură capul, înghiţindu-şi un hohot de râs.

—Trebuia să ne întâlnim în dimineaţa asta, îi reaminti bărbatul, făcând eforturi să rămână serios.

Femeia înjură din nou, dar descuie uşa. În ciuda storurilor care acopereau ferestrele, Jay tot reuşi să aibă o vedere clară asupra lui Ellen, iar ochii lui se prelumbrară flămânzi peste trupul ei.

Părul de culoarea mierii îi stătea în toate direcțiile, iar el își opri impulsul de a-și trece degetele prin coama ciufulită. Pe fața ei se vedea o urmă lăsată de pernă. Ochii îi erau ușor umflați, iar ea și-i frecă cu nerăbdare.

Așa-zisa cămașă de noapte a lui Ellen îi acoperea trupul numai până la șolduri, iar ochii lui Jay se opriră imediat pe chiloții de bumbac alb care îi îmbrățișau șoldurile înguste. În afară de aceasta, cămașa de noapte era aproape transparentă, iar bărbatul nu avea nici cea mai mică dificultate să vadă ce se găsea pe dedesubt. Își scutură capul, iar apoi se delectă, ochii lui plimându-se peste picioarele ei lungi.

Ellen nu părea să fie conștientă că bărbatul o privea temeinic de sus până jos. Pe jumătate adormită, se mulțumi să îi indice cu un simplu gest să intre în casă, iar apoi își târșâi picioarele spre baie pentru a face un duș.

Femeia simțea nevoia să își revină la normal. Venise acasă la aproape două dimineața noaptea trecută, iar în mod obișnuit, trupul ei avea nevoie de mai mult somn decât avusese ea până atunci.

Jay își scutură capul și surâse din nou. Închise ușa de la intrare în urma lui și se îndreptă spre chicineta mică care se deschidea spre studio.

Acolo, începu să scoată cutiile cu mâncare din sacoșa cu care venise și le alinie pe contoar. Când ajunse la containerul cu cafea proaspăt măcinată, îl deschise și începu să prepare cafeaua.

Filtrul de cafea al lui Ellen era simplu, dar eficient.

Nu ca al meu, pe care ar fi trebuit să îl înlocuiesc demult. Dar îmi aduc aminte de aceasta numai când trebuie să fac cafea, își scutură Jay capul cu tristețe.

Bărbatul deja terminase de aranjat mâncarea pe măsuța de cafea și tocmai începuse să strângă așternutul de pe canapea când auzi strigătul lui Ellen din baie.

—Jay, vrei tu să-mi aduci hainele pe care le-am pregătit pe fotoliu, te rog? Am uitat de ele.

—Un moment, iubito, strigă el și se întoarse la împăturirea cearceafurilor.

Le stivui mai apoi la un capăt al canapelei, iar apoi se întoarse spre fotoliu. În noaptea precedentă, Elle așezase acolo cu grijă o pereche de jeanși, un tricou și un set de lenjerie de corp din bumbac.

Jay rânji și ridică chiloțeii negri cu un deget. Se uită la ei pe toate părțile, iar apoi luă sutienul, frecând materialul între degete.

—Jay, strigătul nerăbdător al lui Ellen strică vraja.

Controlează-te, omule, se mustră Jay pe sine, iar apoi înșfăcă restul hainelor repede și se grăbi spre baie.

—Iată-le, iubito, ciocăni el în ușa de la baie.

Ellen numai crăpă ușa puțin și își strecură mâna prin deschizătură. Își flutură degetele spre el, iar Jay îi puse hainele în mână, clătinând din cap.

Ușa se închise în fața lui cu zgomot, iar el râse.

—Voi ieși într-un minut, zise Ellen.

—Nu te grăbi, îi replică Jay, iar apoi se întoarse în studio și se tolăni pe canapea.

Ellen își ținu promisiunea și intră în încăpere un minut mai târziu. Jay observă că femeia nu își făcuse timp să își usuce părul așa cum trebuia și își scutură capul cu mâhnire.

—Ar fi trebuit să-ți usuci părul, Elle. Aș fi putut aștepta. Nu ar fi fost o probemă.

—Nu contează. Se va usca, dădu Ellen din mână spre Jay. Nu știu cum de a fost posibil să nu aud alarma, spuse ea și își înșfăcă telefonul de pe masă să îl verifice. Se pare că am auzit-o, se strâmbă ea. Și, evident, am închis-o, se răsti ea, supărată pe ea însăși. Îmi pare rău, Jay, își ridică ea ochii la el, dar bărbatul se mulțumi să-și scuture capul neglijent.

—Nu îți fă griji pentru aceasta, Elle, își flutură el degetele. De fapt, nu m-a deranjat absolut deloc. Îmi place la nebunie cămașa ta de noapte, observă el cu un surâs, iar femeia îl plesni peste umăr.

Jay râse și o trase lângă el pe canapea.

—Hai să te hrănim înainte să te transformi iar într-un pisoi feroce.

Ellen își întoarse ochii spre măsuța de cafea.

—Oh, Doamne, ai crezut cumva că trebuie să hrănești o armată întreagă? exclamă ea când îi căzură ochii pe mâncarea pe care Jay o scosese.

Cum naiba nu am observat-o până acum? se miră ea, iar apoi își îndreptă privirea spre el.

Jay doar ridică din umeri și cu un gest o invită să înceapă să mănânce.

CAPITOLUL DOUĂZECI ȘI UNU

Becka și Ellen se sprijineau de balustrada de la provă, vorbind și admirând lacul. Când și când, ochii li se întorceau spre Bryan și Jay, care lucrau împreună, mânuind iahtul lui Bryan.

—Văd cum te uiți la Jay, o surprinse Becka pe Ellen cu cuvintele ei. Chiar îți place de el, observă Becka.

Ellen se înroși și privi în cealaltă parte. Becka râse și își scutură capul cu neîncredere.

—Chiar ai crezut că oamenii nu vor observa că ești îndrăgostită de el?

Ellen nu răspunse pe moment. Pur și simplu privi fix un stol de păsări care tăiau oblic orizontul. Becka își înclină capul pe o parte și o privi pe femeie cu curiozitate.

—Crezi că el își dă seama de asta? mai că își șopti întrebarea Ellen.

Și cu toate acestea, Becka o auzi și ridică din umeri.

—Simte el ceva, dar nu cred că este sigur că îl iubești. În general, bărbații sunt un pic cam denși când vine vorba de așa ceva. Mai mult, el este prea apropiat de tine și, de aceea, îi este mai dificil să îți descifreze sentimentele care le ai pentru el.

—Asta este bine, dădu Ellen din cap cu ușurare.

—De ce? se holbă Becka la Ellen cu uimire. Bărbatul te iubește. De ce nu ar trebui să știe ce simți pentru el? Că îl iubești?

Ochii lărgiți ai lui Ellen se întoarseră spre Becka. Tânăra era șocată din cauza cuvintelor ei.

—Ce ai spus? întrebă ea.

Becka își scutură din nou capul.

—Nu știi, nu-i așa? spuse ea moale. Și tu ești densă, Ellen. Îmi pare rău că trebuie să îți spun așa ceva, dar este clar precum cristalul. Jay este nebun după tine, iar el nu a fost niciodată astfel, gesticulă Becka cu nervozitate. Da, l-am mai văzut noi cu o femeie din când în când, dar mereu a păstrat o oarecare distanță. Nu voia să se implice. Cu tine..., ridică ea din umeri. Nu știu, dar el pare ca și cum ar vrea să te lege de el și să nu îți mai dea niciodată drumul. Poate că nu mă exprim așa cum trebuie, dar sper că înțelegi ce încerc să îți spun, o străpunse ea pe Ellen cu o privire ascuțită.

Neconvinsă, Ellen dădu din cap că înțelegea. Nu îndrăznea totuși să o creadă pe Becka.

Oricum, nu e ca și cum aș visa să trăiesc cu Jay până la adânci bătrâneți. Nu cred în astfel de povești, se gândi ea.

—Cât de bine ai ajuns să îl cunoști? o întrebă Becka cu curiozitate.

—Destul de bine, cred, replică Ellen. Ei bine, la fel de bine pe cât poate cineva să cunoască pe altcineva după ce a petrecut cu acea persoană fiecare moment al zilei, timp de mai multe zile în șir, se gândi ea să precizeze.

—Atunci, da, chiar îl cunoști bine. Trebuie să-și fi arătat și fața neplăcută din când în când, râse Becka. Aveți o șansă împreună, continuă ea cu seriozitate. Dar, evident, numai dacă te vei împăca cu problema lui privind jocul de cărți.

—Jay nu are o problemă privind jocul de cărți, o străpunse Ellen pe Becka cu o privire neagră. Motivele lui pentru a juca cărți sunt complet diferite.

—Oh, deci ți-a spus atunci, exclamă Becka tare, atrăgând atenția bărbaților.

—Șșt, nu știi despre ce vorbești, se grăbi Ellen să o facă pe Becka să tacă, plină de anxietate.

La naiba! Nu am putut să-mi țin gura închisă, fir-ar să fie! se admonestă pe sine însuși.

—Despre ce vorbiți voi două? întrebă Jay și, privind-o pe Ellen, își îngustă ochii până ce deveniră două fante înguste.

—Nimic important, gesticulă ea pentru a-i alunga îngrijorarea și afișă un zâmbet anemic pe buze.

—Îmi pare rău, Elle, dar minți, replică el pe un ton aspru. Becka, se întoarse el spre verișoara lui, pronunțându-i numele cu asprime.

—Jay, nu vei folosi acest ton cu soția mea, îl avertiză Bryan cu o privire neagră, iar Ellen își frecă palmele de jeanși cu anxietate, privindu-l pe Bryan cu teamă.

—Nu te teme, Ellen, își îmblânzi Bryan vocea, observând că femeia era îngrijorată. Nu îi voi strica chipul drăgălaș, continuă el și râse.

—Hei, omule, nu sunt fată, pumnul lui Jay îl lovi pe Bryan în braț.

—Jay, interveni Ellen imediat, îndreptându-se spre cei doi bărbați cu pași furioși. El este luptător, pentru numele lui Dumnezeu! Nu provoci un luptător, idiotule!

—Deci după ce i-ai spus totul Beckăi, îmi ataci și bărbăția, observă Jay supărat.

—Nu i-am spus nimic, își scutură Ellen capul, dar roșeața chipului o trădă.

—Elle, Elle, Elle, își mișcă Jay degetul prin fața ei pentru a o face să tacă. Ți-am spus că nu știi să minți convingător.

Femeia lovi cu piciorul în puntea vasului cu iritare. Nu știa cum făcea bărbatul de ghicea de fiecare dată când mințea, dar ghicea.

—În regulă, Jay, veni Becka spre ei. Nu e mare lucru. I-ai spus despre darurile tale. Și ce dacă? Și eu i-am spus lui Bryan, sublinie ea, iar Bryan o aprobă mișcând din cap, iar apoi își puse brațul în jurul umerilor ei.

—Am știut eu, se întoarse Jay spre Ellen din nou. Ai o gură mare.

Ellen îl privi de parcă nu-i venea să creadă că reacționa astfel, iar apoi pur și simplu îi întoarse spatele.

—Becka, ai cumva o pungă de plastic pe aici?

Ochii Beckăi se rotunjiră.

—Sper că nu vrei să-l sufoci, chiar dacă o merită.

—Nu îmi pasă de el, dădu Ellen din mână cu nonșalanță.

—Oh, ba da, iubito, îți pasă, interveni Jay, dar vocea îi sună plină de anxietate.

Și totuși, Ellen nu îi dădu nici cea mai mică atenție. Continuă să o privească fix pe Becka cu încăpățânare, iar apoi spuse pe un ton fără niciun fel de inflexiune:

—Mă gândeam să-mi pun lucrurile într-o pungă de plastic și să înot înapoi spre țărm. Vreau să mă duc acasă.

—Ți-ai pierdut mințile, femeie? izbucni Jay furios și o înșfăcă de braț, întorcând-o pe Ellen spre el. Cine naiba e atât de nebun să traverseze lacul înot?

—Te rog, dă-mi drumul la braț, replică ea pe un ton calm.

El își scutură capul.

—Nu, iubito. Te voi încătușa de mine dacă este nevoie. Nu te pot lăsa să faci o astfel de nebunie. Și pentru ce? Numai pentru că am spus că ai o gură mare? Ei bine, ai, așa că obișnuiește-te cu ideea.

—Jay, îl avertiză Bryan. Aș tăcea din gură acum dacă aș fi în locul tău.

—De ce? Am dreptate. Este nebună. De ce ar trebui eu să tac din gură? strigă Jay, iar ochii lui Ellen se îngustară periculos.

—Pentru că acesta este cel mai inteligent lucru pe care l-ai putea face, îi replică Bryan pe un ton calm. Dacă nu vrei să o pierzi definitiv, îl sfătui el pe Jay, aplecându-și capul spre Ellen, care era pe punctul de a-și repezi genunchiul în cel mai slab punct al lui Jay.

—Bine atunci, tac din gură, dar tu rămâi pe iaht, își întoarse Jay ochii înapoi spre Ellen, chiar la timp pentru a-i vedea genunchiul țâșnind în sus. Ce naiba? strigă el și sări înapoi, împiedicându-se de un colac de frânghii.

Căzu pe jos și o trase și pe femeie cu el pentru că uitase să îi elibereze brațul. Bărbatul încercă să-i facă mai moale căderea, petrecându-și brațele în jurul ei și rostogolindu-se pe spate.

—Ești bine, puiule? începu el să o atingă peste tot cu mișcări febrile, temându-se că o rănise în timpul căderii.

Ellen nu îi răspunse, iar Jay se panică.

—Iubito, spune ceva, te rog.

Bryan își rostogoli ochii și se întoarse spre soția sa.

—Am fost vreodată atât de patetic?

Becka îi zâmbi și, spre mâhnirea bărbatului, aprobă cu o mișcare a capului.

—O dată sau de două ori. Se pare că asta este o problemă comună pentru bărbați, râse ea.

—Vei plăti pentru asta, drăcușorule, o avertiză Bryan cu o privire plină de înțeles, iar surâsul Beckăi se lărgi.

După aceea, bărbatul se întoarse spre cuplul care încă zăcea pe punte și oftă. Jay continua să vorbească agitat, implorând-o pe Ellen să-i vorbească.

—Jay, se răsti Bryan, Mai oprește-te, omule. Și-a pierdut doar respirația. Are nevoie de un pic de aer nu de lamentările tale care nu se mai termină, îl mustră el pe Jay, iar apoi se întoarse să cârmească iahtul pentru că acesta părăsise cursul corect între timp.

Jay o adună pe Ellen în brațele lui și o ajută să se ridice în șezut. Într-adevăr, femeia respira cu greutate, încercând să tragă aer în piept.

—Îmi pare rău, iubito, îi mângâie Jay maxilarul, întorcându-i fața înspre el în același timp.

Ellen își reveni după câteva minute și își scutură capul spre el.

—Ești bine dus cu pluta, Jay.

—Tu ești cea dusă cu pluta, Elle, o contrazise Jay. Nimeni nu s-a gândit vreodată să înoate de-a latul lacului, își scutură el capul.

—Ba da, sunt oameni care s-au gândit.

—Nu în acest fel, replică el.

—Știu asta. Dar uneori, situațiile grave necesită soluții excepționale, îi explică Ellen, sprijinindu-se de el.

—Ce era atât de grav, Elle? se interesă Jay cu confuzie. Am țipat la tine și tu ai fi putut țipa la mine. Era doar un dezacord. Dacă ți-aș fi amenințat viața, atunci, da, ai fi avut dreptate să te gândești să te arunci în lac. Dar știi că niciodată nu te-aș atinge la furie, puiule. Nu sunt genul acela de om, îi explică el, alintându-i brațele.

—Știu asta. Ție îți place să faci oamenii fâșii cu cuvintele tale, observă Ellen cu sarcasm.

—Mda, uneori, șopti Jay în părul ei.

—În cea mai mare parte a timpului, i-o întoarse ea, tremurând sub degetele lui.

—Și acest lucru te face să fugi de mine? întrebă bărbatul, urmărind linia gâtului lui Ellen cu buzele.

—Nu prea, replică Ellen pe o voce tremurătoare.

—Atunci de ce să înnoți, iubito? își ridică Jay o mână și îi întoarse chipul spre el, privind-o fix, iar o lumină intensă luci în pupilele sale negre.

—Sincer? se înroși Ellen. Pentru că mă simțeam vinovată. Nu am gura mare, dar ceea ce mi-a spus Becka m-a făcut să deschid gura fără să gândesc, îi mărturisi ea.

—Și te-ai decis să înfrunți lacul, își scutură Jay capul nevenindu-i să creadă. Iubito, eu urlu, dar numai pentru o clipă sau două. Ce ai făcut tu nu este o greșeală atât de mare. Se mai întâmplă. Trebuia doar să fi așteptat un pic pentru ca eu să văd lumina. Nu mi-ar fi luat mai mult de un minut sau două, chiar dacă sunt un idiot, cum spui tu mereu, îi explică bărbatul pe un ton sever.

—Nu eşti idiot, se strâmbă Ellen. Numai încăpăţânat, îşi strânse ea buzele.

Jay râse şi se aplecă deasupra ei pentru a-i săruta buzele. Bryan alese exact acel moment pentru a spune:

—Am ajuns la insulă, fraţilor. Iar data viitoare, Jay, poate vei alege să îţi porţi conversaţiile private în altă parte, unde eu nu te pot vedea, continuă bărbatul, pe un ton sec, iar Ellen deveni stacojie.

Jay îşi scutură capul şi o ajută să se ridice.

—Nu ai niciun pic de tact, Bryan. Ai făcut-o pe Elle să simtă stânjenită.

—Uite cine vorbeşte, izbucni Becka în râs.

—Oricum, hai să ne pregătim să debarcăm de pe iaht, spuse Bryan, privind spre Jay cu înţeles.

Jay o conduse pe Ellen la banca unde Becka deja se aşezase, iar apoi i se alătură lui Bryan. Începură să manevreze pânzelor, iar în câteva minute, iahtul era ancorat cu grijă la ponton.

Jay şi Bryan strânseră sacoşele şi răcitoarele pentru a le duce la ţărm.

Abia ajunseseră la un pâlc de copaci nu departe de ţărm şi aranjaseră păturile pentru picnicul lor când telefonul mobil al Beckăi sună. Bryan se întoarse spre ea cu ochi întrebători, iar femeia ridică din umeri privind la ecranul telefonului.

—Este mama. Nu ştiu ce vrea.

—Şi nu poţi răspunde pentru ca să vezi? întrebă Jay aţintindu-şi privirea spre telefonul din mâna ei.

—Las-o în pace, se răsti Bryan. Răspunde la telefon, Becka, se întoarse el spre soţia lui.

—Bună, mami, este totul în regulă?

Ascultă cuvintele mamei sale, iar gura i se deschise din cauza șocului.

—Oh, nu. O să-mi vrea capul, mami, strigă ea cu anxietate, iar apoi ascultă în continuare. Dar ți-am spus totul confidențial, strigă ea furioasă. Va fi o zi dată naibii, își strânse ea pumnul mic, scuturând capul din cauza neputinței. Nu-mi pasă cum vorbesc. Sunt furioasă, îi replică ea mustrării mamei sale. Vorbim mai încolo, termină ea discuția și închise telefonul.

—Ce se petrece, Becka? veni Bryan la ea îngrijorat pentru că nu îi plăcea să-și vadă soția atât de necăjită.

Becka își mușcă buza inferioară, iar apoi își ridică ochii spre Jay, care o privea cu teamă. Bărbatul avea sentimentul că acel apel îl privea pe el. Nu se înșela.

CAPITOLUL DOUĂZECI ȘI DOI

—Ce naiba, Becka? De ce a trebuit să-i spui? Știi că mama ta bârfește cu toată lumea din clan, își aruncă Jay mâinile în aer furios.

—Nu știu, replică Becka cu lacrimi în ochi. I-am spus numai că vei veni cu prietena ta la lac. Nu am crezut că va spune tuturor.

Bryan își îmbrățișă soția din spate, iar apoi își scutură capul spre Jay, avertizându-l să se oprească din a o necăji.

—Poate că este mai bine așa, Jay, spuse el pe un ton liniștit. Tot trebuia să o prezinți pe Ellen tuturor într-o bună zi. Se pare că astăzi este acea zi. Nu-ți rămâne decât să te obișnuiești cu gândul, omule. Toată lumea trece prin așa ceva și totul se termină cu bine până la urmă.

—Dar va veni vrăjitoarea, mai că urlă Jay.

—Trebuie să fii mai specific, rânji Bryan. Care vrăjitoare? În marea parte, toți sunt vrăjitori, sublinie el.

—Nu te juca cu mine, Bryan. Știi foarte bine despre cine vorbesc, își îndreptă Jay degetul spre bărbat.

—Știu, dar nu putem face nimic în legătură cu asta. Rebecca nu-i va face nimic lui Ellen, încercă Bryan să-l calmeze pe Jay.

Ellen doar privi de la unul la celălalt cu teamă. Înțelegea că trebuia să se aștepte la o adunare a clanului, dar nu știa ce simțea în legătură cu aceasta.

—Știi ce i-a făcut Norei, lătră Jay.

Apoi observă ochii rotunjiți ai lui Ellen și micșoră distanța dintre ei cu pași mari. O luă în brațe și spuse:

—Nu te teme. Nu o voi lăsa să te atingă. Iar aceasta este o promisiune, puiule.

—Ce i-a făcut Norei? Și cine este această vrăjitoare? tremură vocea lui Ellen, iar femeia se trase puțin în spate pentru a îi putea vedea și pe ceilalți.

În mod obișnuit, nimic nu ar fi înspăimântat-o. Cu toate acestea, ei vorbeau de vrăjitoare acum și tot felul de lucruri oribile îi răsăriră în minte.

Cum naiba să mă pot proteja de o vrăjitoare? se întrebă ea.

—A adus doar niște poloaie, vânt și tunete deasupra capului ei, îi alungă Bryan anxietatea cu un gest. Doar a fost udată, nimic mai mult. Jay doar exagerează acum pentru că este îngrijorat din cauza ta.

—Pot să fac față la ploaie și tunete, își ridică Ellen ochii spre Jay.

—Nu va fi necesar, puiule. Nu o voi lăsa să te atingă. Nici măcar cu un deget, replică el cu hotărâre.

—Dar poate va dori să dea mâna cu Ellen, își șterse Becka lacrimile și interveni în conversație pentru prima dată.

Jay aruncă o privire neagră în direcția ei și își scutură capul.

—Nu, nu o va atinge pe Ellen, repetă el cu îndărătnicie.

Bryan își scutură capul și își făcu soția să tacă. Jay nu mai gândea rațional, iar Bryan începu să se îngrijoreze. Oamenii iraționali provocau haos în urma lor.

—Hai să ne începem picnicul, propuse Bryan. Când au plecat? își întrebă el soția.

—Au plecat cam la o oră după ce am plecat noi, replică ea pe o voce mică.

—Eh, atunci nu îi vom aştepta. Hai să mâncăm, oameni buni.

—Nu mai mi-e foame acum, se încruntă Jay.

—Asta este prima dată când ai spus aşa ceva, observă Ellen cu uluire.

—Sunt îngrijorat, femeie, se răsti el la ea.

—Poţi mânca totuşi dacă vrei, replică ea calm. Uite, Jay, ştiu că nu am toate informaţiile, şi poate că de aceea nu ar trebui să îmi deschid gura mea mare, după cum îţi place ţie să spui, îşi ridică ea mâna când observă că bărbatul dorea să spună ceva. Dar ştiu un lucru, continuă ea fără niciun fel de inflexiune. Dacă îţi arăţi teama în faţa cuiva, acea persoană va profita de asta. Trebuie să fii indiferent şi să-i arăţi acelei vrăjitoare, pe care eu nu o cunosc, evident, că nu te poate atinge.

—Acesta este spiritul, Ellen, râse Bryan. Are dreptate să ştii, se întoarse el spre Jay. Rebecca ar înhăţa oportunitatea cu ambele mâini dacă îi arăţi că ţi-e teamă. Hai să mâncăm, Jay. Când vor ajunge aici, vor găsi patru oameni care se distrează, fără nicio grijă pe lume, îl plesni el pe Jay peste umăr şi îi făcu un semn discret Beckăi să înceapă să despacheteze mâncarea.

La început, Jay doar ciuguli din mâncarea lui pentru că îşi pierduse orice interes în picnicul lor. Dar după aceea, Ellen îl atrase în conversaţia lor, iar bărbatul începu să fie din ce în ce mai puţin încordat şi chiar începu să se simtă bine.

Bryan ştia că oricum Ellen va afla până la urmă despre prima sa zi petrecută pe insulă cu Becka, aşa că se hotărî să relaxeze atmosfera şi să-i spună despre ce se întâmplase când a adus-o pe Becka acolo pentru prima dată. Ellen râse atât de tare că avea lacrimi în ochi, iar Jay își ridică degetele mari pentru a-l felicita pe bărbat.

Jay tot mai era îngrijorat de ce va face Rebecca atunci când va da cu ochii de Ellen. Nu putea să scape de sentimentul că ceva neplăcut se va întâmpla. În ciuda acelui lucru, se alătură și el conversației, ținând un braț în jurul lui Ellen pentru a o păstra aproape de el.

—Oricum, acesta rămâne locul pe care îl iubesc cel mai mult pe lume, remarcă Becka, care se sprijini de Bryan, iar acesta surâse, știind despre ce vorbea ea.

—Ar trebui să o duci pe Ellen undeva pentru o vacanță scurtă, îl sfătui el pe Jay cu o privire încărcată de înțeles. Sunt sigur că totul va ieși bine până la urmă.

—Mă gândeam la așa ceva, aprobă Jay cu o scurtă mișcare a capului. Ellen tot mai are vreo două săptămâni până obține licența de investigator particular așa că am putea să mergem într-o vacanță scurtă. Ce păreare ai, iubito? o întrebă Jay pe Ellen, coborându-și ochii spre chipul ei.

Ellen dădu din cap afirmativ, dar nu mai avu timp să și răspundă. Ochii lui Becka se lărgiseră, iar femeia trase de mâna lui Bryan. Ellen își întoarse privirea spre lac pentru că Becka privea fix în acea direcție. Un iaht tocmai apăruse în linia lor vizuală și se apropia tot mai mult de ponton.

—Se apropie vulturii, bodogănii Jay cu supărare.

Bryan îl privi uimit, iar apoi izbucni în hohote de râs, scuturându-și capul:

—Ești atât de dramatic, omule, observă el.

Jay îi aruncă o privire urâtă și se răsti la el:

—Ca și cum nu ai știi despre ce vorbesc.

—Totul va fi bine, Jay, interveni Becka. O să vezi.

Dar Jay ştia că femeia se înşela. Când vocea Rebeccăi îi ajunse la urechi, îşi scutură capul şi prinse mâna lui Ellen.

CAPITOLUL DOUĂZECI ȘI TREI

Jay refuză să se ridice de pe pătură pentru a-i întâmpina pe noii sosiți. Cu o ridicare din umeri neglijentă, bărbatul decretă că nimeni nu i-a invitat acolo, așa că el nu trebuia să le extindă nici cea mai mică curtoazie.

Bryan își scutură capul cu dezaprobare, iar apoi se ridică cu mișcări agile. Nu își luă ochii de pe oamenii ce se îndreptatu spre ei și observă că maxilarul lui Matt era încordat, așa că trase concluzia că Rebecca trebuie să fi fost într-o formă deosebită în acea zi. Ea era singura persoană din toată lumea care reușea să îl facă pe Matt să-și piardă calmul cu adevărat.

—Fratele tău nu pare prea fericit, observă Bryan întorcându-se spre Jay.

—Bineînțeles că nu este, dădu Jay din mână cu nonșalanță. Nu o place pe vrăjitoare. Nu înțeleg cum de l-a convins să o aducă aici, se miră el și își strânse buzele de necaz.

—Înțeleg că străbunica a amenințat să angajeze un taxi de pe lac dacă Matt nu voia să o aducă pe iahtul lui. Evident că mătușa Marjorie a intervenit și l-a convins să o aducă pe cotoroanță cu iahtul lui, replică Becka.

—Biata Marjorie, își scutură Bryan capul. Mereu este prinsă între acești doi oameni încăpățânați, remarcă el cu tristețe.

Jay se mulţumi să ridice din umeri şi începu să ronţăie o prăjiturică cu nervozitate. Ellen îi atinse pieptul, iar când el se întoarse spre ea, îi şopti:

—Nu uita, Jay. Indiferenţa este cea mai bună armă.

Jay o străpunse cu o privire neagră, dar dădu din cap în semn că a înţeles, deşi nu cu prea multă convingere.

Cum naiba pot fi indiferent? se gândi el.

Străbunica lui îl făcea mereu să se simtă inadecvat. Femeia îl privea de parcă ar fi fost o pată pe reputaţia clanului şi dezaproba absolut tot ce făcea el.

—Ştii, nu înţeleg, spuse Jay brusc, iar ceilalţi îl priviră cu curiozitate. Bătrâna scorpie nu mi-a mai dat nicio atenţie de vreo şase sau şapte ani, continuă Jay cu un gest. De ce naiba îi pasă ce fac eu acum?

Becka ridică din umeri.

—Poate că se gândeşte că ai clocit o altă schemă ca să ajungi la banii din trust, spuse ea neglijent.

—Mulţumesc, Becka, izbucni Jay când observă privirea speculativă a lui Ellen. Ştii, nu am ajuns încă să-i spun lui Elle despre trustul acela. Ar fi trebuit să îi spun absolut totul, desigur, şi doar ştii că nu ni se permite.

—Despre ce vorbeşti, Jay? îşi îngustă Ellen ochii şi îl privi cu suspiciune.

—Cineva tot îi va spune, observă Bryan şi îşi întoarse ochii spre oamenii ce veneau dinspre ponton. Aceştia nu se grăbeau şi îşi potriviseră paşii la mersul Rebeccăi.

—Îţi aminteşti că ţi-am spus să nu asculţi la nimic din ce-ţi spune careva dintre ei? spuse Jay, aplecându-şi capul înspre grup. Ei bine, acesta este momentul în care ar fi minunat să arăţi că îmi acorzi ceva încredere, iubito. Aşteaptă doar până ce sunt eu capabil să-ţi spun totul, da?

Ellen îl privi gânditoare, iar apoi dădu din cap.

—Voi avea încredere în tine pe moment, Jay. Totuşi, nu mă fă să regret acest lucru, adăugă ea pe un ton dur.

—Nu vei regreta, îţi promit, spuse el repede.

Grupul de oameni ajunsese aproape acum. Putea chiar să vadă tunetele şi fulgerele din ochii Rebeccăi.

—Bună, mamă, spuse Jay, dând din cap spre mama sa, fără să-şi abandoneze locul de pe pătură. Hei, tată, bună şi ţie. Nu ştiam că aţi decis să ne călcaţi micul nostru picnic, remarcă el pe un ton batjocoritor.

—Ai grijă ce scoţi pe gură, tinere, interveni Rebecca cu asprime.

—Uau, buni. Sunt ani de când nu ai mai dat vreun semn că ai fi conştientă de existenţa mea. De unde această schimbare subită de inimă pe care o ai? replică tânărul bărbat, de asemenea pe un ton dur.

Dar nu aşteptă să-i audă răspunsul, ci se întoarse spre Matt.

—Mulţumesc, frate. E bine de ştiut că întotdeauna mă pot bizui pe protecţia ta, spuse Jay batjocoritor, deşi ştia că acum era pur şi simplu răutăcios şi nu prea corect. Matt nu ar fi putut-o refuza pe mama lor. Nici Jay nu ar fi făcut-o.

Matt îşi presă buzele într-o linie subţire şi îşi strânse pumnii, gata să îi dea o replică nimicitoare. Soţia lui îi atinse braţul, iar el îşi întoarse ochii întrebători spre ea. Nora îşi scutură capul şi Matt se încruntă.

—Văd că nu l-ai adus pe Nat cu tine, Nora, observă Jay pe un ton conversațional ușor.

Și cu toate acestea, în același timp, o privea pe Rebecca cu colțul ochiului. Expresia bătrânei se întuneca din ce în ce mai mult și aceasta o privea pe Ellen de parcă femeia ar fi fost o insectă.

Mda, va exploda în orice clipă, se gândi Jay cu satisfacție, cu toate că nu era foarte sigur că a ales cea mai bună cale de acțiune. De asemenea, nu prea îi plăcea cum se uita străbunica lui la Ellen.

—Nat este cu verii săi, vorbi Marjorie pentru prima dată.

Jay știa că mama sa se referea la Leah și Sean, cei doi gemeni ai lui Becka și Bryan. Își dădu seama că îl lăsaseră pe Nat cu ei pentru a nu fi martor la scena urâtă pe care cu siguranță ar fi făcut-o Rebecca. Fusese destul că puștiul văzuse o parte din discuția dintre mama sa și Rebecca la petrecerea de logodnă a Norei.

Marjorie își străpunse fiul mai mic cu o privire de avertizare privind felul lui de a se purta. Jay fusese mult mai politicos în trecut, iar ea nu îi aproba deloc comportamentul, chiar dacă înțelegea de ce reacționa astfel.

Ellen arunca priviri furișe la toată lumea. În afară de părinții lui Jay, Matt și Nora, și desigur străbunica lui Jay, în grup mai erau doi tineri. Își aminti că Jay îi spusese că avea o familie mare, așa că trase concluzia că cei doi trebuie să fi fost doi dintre verii lui.

—Am obosit deja, spuse Rebecca uitându-se urât la Jay. Dacă îmi amintesc bine, există o masă cu scaune pe terasa ta, Bryan, indică ea cu bărbia spre casa bărbatului, care se putea zări printre copaci.

—Avem un picnic aici, buni, sublinie Jay pe un ton sec. Nu avem nevoie de o masă.

—Eu am nevoie. Hai să ne mutăm acolo, ordonă bătrâna femeie.

—Dar mă simt bine aici, i-o întoarse Jay cu încăpățânare, chiar dacă nici el nu știa de ce insista să fie insolent cu ea pentru că nu făcea de fapt nimic altceva decât să provoace mai multe necazuri.

—Te vei simți bine și acolo, pufni Rebecca. Hai să ne mișcăm, lătră ea.

Jay dori să-și deschidă gura din nou, dar Ellen îl strânse de mână și își scutură capul.

—Hai să mergem, Jay, șopti ea și se ridică cu mișcări fluide, trăgându-l de mână.

Îmbufnat, Jay îi urmă exemplul lui Ellen. Ambii îi ajutară pe Becka și Bryan să strângă resturile picnicului lor și păturile.

Ceilalți o luaseră înainte, deși Matt și Jonathan verificaseră mai întâi dacă cei patru ar fi avut nevoie de ajutor sau se descurcau cu toate.

Ellen așteptă până ce ceilalți oameni o porniră pe coasta blândă a dealului spre casa lui Bryan, iar apoi se întoarse spre Jay.

—Ceea ce faci tu nu denotă indiferență, Jay. Te comporți ca un plod răsfățat, îl mustră ea. Nu faci altceva decât să-i demonstrezi străbunicii tale că, de fapt, îți pasă de opinia ei mult prea mult.

—De fapt, nu știu ce să fac, mărturisi omul. Știu numai că va spune ceva care te va supăra, iar tu vei pleca, își mărturisi el cea mai mare teamă.

—Nu te teme de așa ceva. Nu voi pleca, îl asigură Ellen.

—Vrei să pleci ori de câte ori spun eu ceva, Jay îi reaminti.

—Asta din cauză că e vorba de tine. Nu sunt atât de sensibilă cu alţi oameni, spuse femeia, iar roşeaţa îi invadă chipul.

—Asta este bine de ştiut, mormăi bărbatul, iar Bryan îşi ascunse zâmbetul.

Ştia foarte bine cum era să fie în locul lui Jay. Omul trecuse prin ceva similar, şi nici cu doi ani în urmă.

CAPITOLUL DOUĂZECI ȘI PATRU

Becka și Bryan așezară mâncarea și băuturile pe masă în câteva minute. Marjorie și Jonathan mai aduseseră ceva mâncare, iar ei doi ajutară tânărul cuplu să pună totul pe masă.

Când toată lumea și-a găsit un loc și avea deja o farfurie în fața lor, Marjorie se întoarse spre Ellen.

—Mi-e teamă că nu știi pe toată lumea, Ellen. Aceasta este străbunica lui, Jay, Rebecca, arătă ea spre femeia mai în vârstă care continua să o privească pe Ellen cu neplăcere.

Ellen dădu din cap și murmură câteva cuvinte politicoase către străbunica lui Jay, dar bătrâna nu se obosi să răspundă. Continua doar să o privească urât. Tunetele și fulgerele din ochii ei nu promiteau nimic bun.

Neplăcută femeie, reflectă Ellen. *Mă privește de parcă aș fi un interlop,* își scutură ea capul imperceptibil.

Jay îi strânse mâna, iar apoi i-o trase în poala lui. Ellen observă zâmbetul ce apăru pe buzele tinerei femeie așezată între Matt și Rebecca.

—Aceasta este Lily, îi spuse Marjorie lui Ellen, iar un zâmbet îi apăru pe buze. Ea este verișoara lui Jay și sora geamănă a lui Josh, arătă ea spre tânărul ce era așezat de cealaltă parte a Norei.

—Sunt încântată să te cunosc, Ellen, spuse Lily cu un zâmbet cald. Era de mult timpul ca Jay să găsească pe cineva cu care să-și împartășească viața, continuă ea, întorcându-se să-i zâmbească și vărului ei.

—Nu atât de rapid, domnișorico, o contrazise străbunica ei. Noi toți știm că Jay nu are niciun interes să-și împărtășească viața cu ea. El nu vrea altceva decât banii mei, își întoarse femeia ochii aspri spre el.

Jay, cu un gest nervos, aruncă pe masă furculița pe care o ținea în mână. Sări de pe scaun și părea gata să se cațere peste masa de grădină și să o strângă de gât pe străbunica sa.

Ellen trase de tricoul lui. Când el se întoarse mânios spre ea, sprâncenele ei se arcuiră, iar ea îi arătă să se așeze din nou pe scaun. Femeia simțea că Jay tremura de furie. Îi luă mâna și își împleti degetele cu ale lui. Jay respiră profund, iar Ellen simți cum tensiunea se disipează ușor din trupul lui.

—Te descurci nemaipomenit, puiule, șopti ea.

Jay își întoarse ochii șocați spre ea. Deși el folosea termeni de alint pentru Ellen tot timpul, ea niciodată nu îi spusese ceva similar până atunci. Ochii lui sclipiră cu intensitate, cercetând înfrigurat chipul femeii.

Ellen se mulțumi să îi zâmbească, iar degetele ei tresăriră între ale lui. Jay se așeză pe scaun, ridică mâinile lor împreunate la gură și își trecu buzele peste încheieturile delicate ale degetelor femeii, fără să își ia privirea insistentă de pe chipul ei.

—Nu mă prostești pe mine cu spectacolul tău teatral, spuse Rebecca cu dispreț.

—Buni, o avertiză Marjorie. Ar trebui să înveți când nu ar trebui să deschizi gura, spuse femeia pe un ton dur, iar toată lumea o privi cu uluire.

—Tu să nu îndrăznești să-mi vorbești astfel, fată, se răsti Rebecca la Marjorie. Tu crezi că sunt idioată? se întoarse ea mai apoi spre Jay. Nu-ți voi înmâna banii pe un platou de argint numai pentru că mi-ai oferit un spectacol, spuse ea sardonic.

—Buni, știi unde să-ți vâri banii, spuse Jay pe un ton sec, iar câteva exclamații surprinse umplură aerul.

Jonathan icni, mai apoi își plesni genunchiul și începu să râdă din toată inima, în timp ce Marjorie își scutură capul în semn de dezaprobare. Matt își ridică degetele mari în sus pentru a-și felicita fratele, iar Josh râse ca o hienă.

Bryan se mulțumi numai să-și scuture capul, știind că ceea ce era mai rău urma să vină. Bărbatul nu greșea defel. Brusc, nori negrii se adunară deasupra capetelor lor, iar fulgerul biciui cerul.

—Nu crezi că asta este deja o șmecherie învechită? își arcui Jay sprâncenele sardonic, dar, cu toate acestea, după aceea îi prinse mâna lui Ellen și i-o strânse pentru a-i da de știre că nu va lăsa nimic rău să i se întâmple.

Ochii duri ai Rebeccăi îl străpunseră pe Jay cu cenzură evidentă. Dori să-i dea o replică aspră tânărului bărbat, dar nu mai avu timp.

—Da, buni, interveni Matt pe un ton fără inflexiuni. Deja am văzut chestia aceasta. Nu ne-ai speriat cu acest truc în trecut și nu ne vei speria nici acum, spuse el, privind-o fix cu ochii săi de un albastru întunecat.

Bătrâna se încruntă la Matt și își strânse buzele într-o linie foarte subțire. După aceea, își întoarse ochii îngustați spre Ellen și își ridică mâinile cu degetele răsfirate. Un rânjet urât și răutăcios îi deformă trăsăturile Rebeccăi. Femeia își flutură degetele cu o mişcare iute şi, brusc, farfuria lui Ellen se umplu cu o grămadă de şoareci gri, care se îmbulzeau unul peste celălalt. Peste tot în jur, nebunia izbucni.

Ochii lui Ellen se lărgiră de oroare. Femeia păli şi aproape că zbură din scaunul ei, respirând cu dificultate şi apăsându-şi o mână la piept. Îşi înăbuşi un strigăt în gâtlej, apăsându-şi degetele peste buzele ce îi tremurau.

Jay înjură violent şi sări şi el din scaunul lui cu o mişcare bruscă. Scaunul căzu la pământ cu un zgomot asurzitor. Bărbatul o strânse pe tânăra femeie la pieptul lui, mângâindu-i părul şi spatele cu tandreţe, încercând să o liniştească.

Nora se grăbi să fugă de la masă, iar ochii ei nu părăsiră nicio clipă mormanul de şoareci care continuau să se agite. Matt încercă să o prindă de mână, dar ea îşi scutură capul şi îi făcu semn să rămână unde era pentru a putea să se ocupe de situaţie. Matt nu era de acord cu ea, nefiind sigur că ar fi putut reuşi, dar ea insistă cu un gest imperios, iar bărbatul se resemnă să rămână la masă în mijlocul haosului.

Toţi începură să ţipe la Rebecca în acelaşi timp. Becka aproape că o atacă, iar ochii ei fulgerară. Nu îi mai păsă să îşi controleze puterile pe moment, iar vântul începu să şuiere şi să se învolbureze în jurul lor, suflând frunze în aer.

Părul Beckăi zbură în vânt, iar Bryan se văzu forţat să-şi reţină soţia, deşi nu se poate opri să nu-i admire frumuseţea primară. Cu toate acestea, bărbatul se temea că Becka îşi va dezlănţui puterile în întregime, astfel provocând o furtună severă. Iahtul lui era ancorat la ponton, iar lui Bryan i-ar fi plăcut să-l aibă neatins o dată ce scandalul se încheia. De aceea, îşi alină soţia cât de bine putu.

Când vântul osteni și apoi dispăru, Bryan își ridică ochii plini de reproș spre Rebecca, scuturându-și capul ca și cum nu și-ar fi crezut ochilor. O privi pe bătrână de parcă ar fi văzut-o pentru prima oară, iar femeia pur și simplu pufni cu dispreț spre el.

Rebecca nu dădea niciun semn că i-ar fi păsat de scandalul pe care îl stârnise. Nici măcar nu îl luă în calcul pe Bryan, neconsiderându-l crucial pentru moment. Își întoarse ochii spre Ellen și Jay. Femeia își concentră ochii îngustați pe cuplu și nu dădu nicio atenție altcuiva.

Și totuși, în timp ce Becka se pierduse în propria ei furtună, Lily și Josh își exprimară resentimentele față de bătrâna doamnă cu vorbe biciuitoare. Gemenii erau sătui și obosiți de schemele bătrânei. Nu mai puteau înțelege ce se petrecea în mintea străbunicii lor. Din păcate, vorbele lor îi trecură acesteia pe lângă urechi.

Până atunci, și Jonathan se alăturase scandalului. Rebecca îl trată cu aceeași indiferență pe care i-ar fi arătat-o unei muște enervante. Își flutură doar mâna spre bărbat pentru a-l face să-și închidă gura. Femeia știa că Jonathan nu reprezenta un adversar valoros în acea discuție pentru că el nu avea niciun fel de puteri să lupte împotriva ei.

Doar Marjorie nu se alăturase scandalului. Își scuturase capul cu tristețe după ce timp de câteva minute privi ceea ce se întâmpla, iar apoi se grăbi înspre Ellen pentru a vedea cum se simte.

Jay se întoarse furios spre mama sa imediat și strigă la ea:

—Trebuia să o aduci aici. Când naiba o să înveți? Este o femeie plină de ranchiună și uscată. Nu poate trăi dacă nu împrăștie nefericire peste tot în jur, spuse bărbatul, scrâșnind din dinți.

Marjorie încercă să îi răspundă, dar Jay nu-i oferi oportunitatea. Își întinse brațul și o opri să vină aproape de Ellen. Mai apoi, o străpunse pe mama sa cu o privire de gheață și adăugă pe un ton liniștit dar decis:

—Ai făcut suficient până acum. O voi lua pe Elle și ne vom muta din provincie pentru a scăpa de voi toți.

Ellen icni șocată. Tânăra femeie tocmai își revenise din spaima sa și prinsese ultimele cuvinte ale lui Jay. Îl trase de tricou și șopti:

—Nu, Jay, nu te vei muta.

Jay o liniști, alintându-i chipul.

—Am spus că nimeni nu se va atinge de tine, Elle. Aceea a fost o promisiune pe care nu mi-am ținut-o, puiule. Dar o voi ține de acum încolo. Dacă este necesar să părăsim acest oraș, atunci o vom face.

—Nimeni nu m-a atins, Jay, își scutură ea capul, privind cu insistență în ochii bărbatului. Ți-ai ținut promisiunea.

Jay o strânse pe Ellen în brațele sale și își îngropă chipul în părul ei, recunoscător pentru înțelegerea ei.

Marjorie îi privi cu tristețe. Cuvintele lui Jay îi aduseseră lacrimi în ochi, iar acum acestea curgeau libere pe chipul ei.

Cuvintele lui Jay ajunseră și la urechile lui Jonathan, iar bărbatul se grăbi să ajungă la soția lui imediat. Își petrecu brațul în jurul umerilor ei care se cutremurau, iar apoi o trase la pieptul lui.

—Nu te teme, Jay nu va pleca, îi spuse el soției încet, ștergându-i lacrimile cu degetul mare.

Matt își îngustase ochii și observa totul. Acțiunile Rebeccăi îl înfuriaseră deja, dar când mama sa începu să plângă, mânia sa dădu în clocot. Își aruncă mâinile în sus și strigă:

—Hei, voi toți. Gura închisă, este suficient.

Tonul său aspru încheie orice vociferări. Izbucnirile lui Matt erau atât de rare încât oamenii ascultau când el ridica vocea.

Cu toții se întoarseră spre Matt, privindul-l întrebător. Matt trase adânc aer în piept, iar apoi spuse:

—Uite cum vom face.

CAPITOLUL DOUĂZECI ȘI CINCI

—Vă veți întoarce cu toții la scaunele voastre și veți înceta cearta, spuse Matt, iar tonul lui nu invita niciun fel de răspuns.

Jay deschise gura să spună ceva, dar Matt își scutură capul cu hotărâre.

—Ce am spus este valid și pentru tine, Jay. Ia-o pe Ellen și așezați-vă undeva departe de farfuria cu... Mă rog, știi tu ce vreau să spun, îi arătă bărbatul lui Jay să mute scaunele lor la celălalt capăt al mesei. Lily, ai tu grijă, te rog, de șoarecii ăia. Ești cea mai bună la vrăjile astea idioate. M-am săturat să-i văd, se strâmbă el, fluturând din degete spre farfuria lui Ellen. Fă și farfuria să dispară. Nu cred că Bryan o mai vrea, spuse el, aruncând o privire întrebătoare spre Bryan.

Bărbatul dădu din cap cu convingere, în deplin acord cu Matt. Numai gândul de a folosi acea farfurie în viitor îl făcea să i se facă rău la stomac.

Matt își apăsă buzele, privind în jur cu ochi cercetători. Apoi se întoarse spre soția sa.

—Nora, vrei tu, te rog, să aduci alte farfurii pentru Ellen și Jay? I-aș cere-o Beckăi să o facă, dar încă vibrează din cauza mâniei și mi-e teamă că va sparge nenorocitele de farfurii.

—Desigur, Matt, îi zâmbi soția lui.

Trecu pe lângă el în drumul ei spre intrarea în casa lui Bryan și îi șopti:

—Am știut eu că poți aduce ordine în haos, iubire.

Femeia se ridică pe vârfuri și își atinse gura de a lui Matt scurt. După aceea intră în casă să aducă farfuriile.

Matt privi după soția sa până ce aceasta intră în casă. După aceea, respiră încă o dată profund și se întoarse spre Rebecca, care privirea totul cu o încruntare pe chip.

—Chem un taxi de apă pentru tine, îi spuse el străbunicii lui pe un ton aspru. A venit vremea să te duci acasă, îi aruncă el o privire urâtă femeii. De acum încolo, încearcă să nu mai apari la nicio ieșire dacă auzi că sunt prezent, o avertiză bărbatul. Și stai departe de familia mea și, în special, de fratele meu.

—Nu îmi vei chema niciun fel de taxi, îl fulgeră Rebecca cu ochii. Nu sunt gata să plec.

—Ba da, ești, o contrazise Matt pe un ton care nu mai invita la niciun fel de discuții, iar apoi își scoase telefonul din buzunar și îl sună pe patronul unui serviciu de taxi pe apă, care era unul dintre clienții săi.

—Hei, omule, spuse Matt când i se răspunse la apel.

Ochii lui reci nu părăsiră chipul Rebeccăi nici măcar o clipă. Femeia îl privea șocată. Nu putea crede că bărbatul își ducea amenințarea la îndeplinire.

—Sunt Matthew Winston. Am nevoie de un taxi de apă la insula vărului meu pentru a o lua pe buni, continuă el și îi dădu coordonatele. Voi plăti și dusul și întorsul, nicio grijă, îl asigură Matt. Mulțumesc.

Deconectă apoi apelul și spuse fără să se adreseze cuiva în mod deosebit:

—Problema este aranjată.

—Nu ai dreptul să îmi comanzi mie ce să fac, pufni străbunica lui.

—Vei pleca. Imediat ce taxiul va ajunge aici, replică Matt cu intensitate tăcută. Chiar dacă va trebui să te leg, tot vei pleca.

—Marjorie, se întoarse Rebecca spre nepoata ei. Vorbește cu el, îi porunci ea cu un lătrat.

Cu toate acestea, Marjorie își scutură capul la cererea femeii.

—Nu, nu o voi face. Ai făcut destule lucruri rele pe ziua de azi, spuse ea, iar Jonathan îi susținu decizia.

Replica lui Marjorie o șocă pe bătrână. Nu se așteptase la acel răspuns din partea nepoatei sale.

—Marjorie, spuse ea pe un ton de avertizare. Tatăl tău va auzi de obrăznicia ta.

—Sunt sigur că bunicului o să îi treacă rapid, interveni Jay cu duritate, sătul de prezența străbunicii sale. Iubito, hai să ne plimbăm pe mal în direcția aceea, arătă el spre o cărare ce ducea dincolo de ponton. Ne întoarcem după ce a plecat vrăjitoarea, îi șopti el lui Ellen, dar ea își scutură capul cu un zâmbet pe buze. Nu vrei să plecăm de aici pentru câteva minute? o întrebă Jay cu uimire.

—Nu vreau ca Rebecca să creadă că are vreo putere asupra ta, îi șopti Ellen drept răspuns. Vom rămâne aici să o vedem plecând, decise ea.

Jay se mulțumi să ridice din umeri și își petrecu brațul pe după umerii ei. O admira pentru că avea coloană vertebrală solidă.

—Tot mai rămâne problema cu banii, interveni Rebecca pe un ton sec și toată lumea gemu.

—După cum am spus deja, spuse Jay privind-o fix pe femeie, îmi fac proprii mei bani. Luni dimineață, vorbește cu avocații tăi să-mi scoată numele din trustul tău. Iar tu poți să mă și ștergi din memoria ta, adăugă bărbatul pe un ton aspru. M-am cam săturat de tine. De acum încolo, nu voi mai fi prezent într-o încăpere în care te afli și tu. Nu vreau să mai dau ochii cu tine. Este clar?

—Asta spui tu acum, pufni Rebecca cu dispreț, fluturându-și mâna. Dar te știu bine. Nu vei renunța tu la partea ta din trust. Știu de ce ești capabil să faci pentru a-ți pune mâinile lacome pe banii mei. Nu am uitat-o pe Camilla, replică ea triumfătoare, privind-o pe Ellen cu ochi răi.

—Camilla? îi șopti Ellen lui Jay. Cred că vreau să aud povestea asta.

—Nicio problemă, domnișorică, interveni Rebecca dovedind că auzul ei era la fel de bun ca întotdeauna. Îți pot spune eu despre asta.

—Nu, mulțumesc, replică Ellen pe un ton liniștit. Îmi va putea spune și Jay, chiar foarte bine, dar nu în acest moment.

Rebecca își îngustă ochii, iar Matt lătră:

—Ia un loc, buni, până ce vine taxiul. Oprește-te din a o hărțui pe Ellen.

—Nu mai vorbesc cu tine, se întoarse bătrâna femeie spre el furioasă.

—Dar nici cu mine nu o să vorbești, nu uită Jay să îi menționeze.

—Nu am nici cea mai mică intenție să vorbesc cu tine, îi replică femeia. Îi voi spune lui Ellen despre Camilla în schimb, continuă ea pe un ton hotărât.

—Nu cred, își scutură Ellen capul. Dacă Jay are să îmi spună ceva despre acest subiect, atunci o va face. În afară de asta, după chestia cu șoarecii, nu am niciun chef să-ți vorbesc, sublinie tânăra femeie pe un ton aspru.

—Bravo ție, îi aprobă Bryan hotărârea.

—Deci și tu te-ai aliat împotriva mea, se întoarse Rebecca spre el cu ochii îngustați.

—De data asta, ai făcut-o lată, replică Bryan liniștit.

—Și escaladezi, sublinie Lily. Chiar m-aș aștepta să-l transformi pe bărbatul cu care îndrăznesc să mă întâlnesc într-o broască, dacă ai afla cine este.

—Știi că vreau ce este mai bine pentru voi, replică Rebecca.

—Problema este că nu știi ce este mai bine, interveni Jonathan imediat. Crezi că știi, sunt de acord cu asta, dar greșești de fiecare dată. Nu ai avut dreptate în ceea ce o privea pe Amelie sau pe mine. Ai greșit și în legătură cu Bryan și Nora, sublinie el. Admiți că ai greșit numai când este prea târziu, își scutură el capul cu regret.

—Nu știi ce vorbești, se răsti Rebecca la el.

—Dar chestia e că știu. Și îmi cunosc băieții, Rebecca, spuse el privind de la Matt spre Jay. Nu te vor ierta. Felicitări, bunico. Ai reușit să scindezi familia, spuse Jonathan cu tristețe.

—Nu am făcut nimic de acest gen, i-o întoarse ea. Marjorie, spune-i bărbatului tău să-și păzească gura.

—Nu, nu ar trebui să îi spună nimic, interveni Nora în conversație. Jonathan are dreptate. Matt nu îți va mai vorbi. M-am luptat enorm să îl fac să îți accepte prezența, buni și tu ai stricat totul. Iar din ce văd pe chipul lui Jay în acest moment, nici el nu te va ierta prea curând, dacă o va face vreodată.

—Mai bine spus niciodată, spuse Jay despicând aerul cu un gest definitiv.

Rebecca se încruntă și se întoarse spre Ellen cu o privire grăitoare.

—Nu te uita la mine, ridică Ellen din umeri. Îl respect pe Jay prea mult ca să încerca să-l fac să se răzgândească. Pe deasupra, eu nu prea sunt tipul de femeie iertătoare. Îmi pare rău, replică ea pe un ton care arăta că era departe de a-i părea rău.

Rebecca își strânse gura și își îngustă ochii și mai mult. Observă zâmbetul satisfăcut de pe buzele lui Jay și îl fulgeră cu privirea. Bărbatul se mulțumi să ridice din umeri cu indiferență și decretă:

—Acum, mi-e foame. Hai să mâncăm, oameni buni.

Toată lumea izbucni în râs, cu excepția Rebeccăi, iar Ellen îi trase bărbatului capul spre ea și îl sărută pe gură.

—Ești fantastic, Jay, îi șopti ea când se trase înapoi.

—E bine de știut că gândești astfel despre mine, replică el cu malițiozitate.

—Dă-mi și mie din puiul făcut de Bryan, gesticulă Josh spre Jonathan, care se găsea mai aproape de partea de masă unde se găsea puiul.

—Lasă ceva și pentru mine, omule, se încruntă Jay spre vărul său.

—Nu atât de repede, interveni Rebecca.

—Din ceea ce văd, asta este expresia ta favorită, își privi Josh străbunica cu indiferență. Oricum, mi-e foame, așa că grăbește-te cu puiul acela, Unchiule Jonathan.

CAPITOLUL DOUĂZECI ȘI ȘASE

Toată lumea respiră cu ușurare imediat ce Matt o escortă pe Rebecca spre taxiul de apă, iar ei o văzură plecând. Femeia făcuse tot felul de amenințări, dar nimănui nu îi mai păsa de ce avea aceasta de spus. Nici măcar răbdătoarea Marjorie sau înțelegătoarea Nora nu s-au gândit să îi ia partea bătrânei.

Cu plecarea Rebeccăi, tensiunea din cadrul grupului dispăru, iar oamenii se întoarseră la mâncarea lor și la conversație. Cu toate acestea, inima lui Bryan se strânse când se gândi că trebuie să fi existat și tristețe sub mantaua de mânie a bătrânei femei.

El se apropiase de aceasta și ajunsese să o cunoască în ultimele câteva luni, iar Rebecca nu era o femeie rea în esență. Totuși, avea o opinie aparte despre cum ar fi trebuit să fie viața altor oameni, iar până în momentul în care i se demonstra că nu avea dreptate, ceea ce aparent se întâmpla tot timpul, femeia părea să se încăpățâneze în convingerile ei.

Becka îi prinse mâna lui Bryan, iar bărbatul își întoarse ochii spre ea. Își scutură capul pentru a o lăsa să înțeleagă că nu era nicio problemă. Apoi își trecu buzele peste încheieturile degetelor femeii cu tandrețe.

—Ai fost fantastică acolo, iubito. Trebuie să mărturisesc că felul cum arătai mi-a furat răsuflarea câteva clipe. Deși mi-ar fi plăcut mai mult dacă ai fi arătat măcar un pic de grijă față de iahtul meu, își apropie el degetul mare de cel arătător pentru a-și ilustra cuvintele.

Josh îi auzi vorbele și râse.

—Da, Becka era pe val. Bravo ție, Becka, își aplecă el capul pe o parte pentru a-și vedea verișoara mai bine. Mă temusem că te-ai domesticit prea tare, gesticulă el. Știi tu, din cauză că te-ai măritat și ai devenit mamă și toate chestiile astea.

—Îți arăt eu domesticit, îl străpunse Becka cu ochii îngustați.

—Nu v-a fost de ajuns cât v-ați certat pe ziua de azi? se interesă Matt pe un ton sec, iar Jonathan râse.

—Oricum, interveni Lily, sper să nu te gândești prea mult la cuvintele lui buni, se adresă ea lui Ellen. Nu-ți va mai face nimic, așa că nu trebuie să te îngrijorezi, își scutură roșcata capul, iar părul ei strălucitor de cupru îi săltă pe umeri.

—Asta este adevărat, dădu Marjorie din cap. Rebecca era împotriva Norei la început, iar acum o iubește, sublinie ea. Același lucru s-a întâmplat și cu Bryan, își întoarse ea ochii spre uriașul blond. Acum am auzit—o de câteva ori spunând *Va trebui să îl întreb pe Bryan*, ori de câte ori trebuia să ia o decizie dificilă.

—De parcă mi-ar păsa dacă o iubește ea sau nu, spuse Jay cu dispreț. Buni nu va mai avea altă șansă să o atingă pe Elle, replică el pe un ton hotărât. Am fost foarte serios când am spus că ne vom muta din provincie, accentuă el.

—Tu poate că ai fost serios, Jay, interveni Ellen. Dar ai uitat să mă întrebi și pe mine ce vreau, îi spuse ea, iar toți ochii se întoarseră spre ea.

—Te întreb acum, spuse Jay, privind-o cu ochi atenți. Tu ce vrei, Elle?

Jay aproape că își ținu respirația. Se temea că răspunsul femeii îi va anihila toate speranțele.

—Mai întâi, ar trebui să îți spun ceea ce nu vreau, spuse Ellen pe un ton apăsat, privindu-l drept în ochi. Nu voi fi de acord să rupi legăturile cu familia ta. Sânteți o familie foarte legată, Jay. Nu voi accepta niciodată să te muți departe de părinții, fratele și verii tăi, chiar dacă profesiunea ta îți permite să locuiești oriunde. Mai mult decât atât, iubești acest oraș, își flutură ea mâna în direcția Torontoului, care se găsea dincolo de apă.

—Voi învăța să iubesc și alt oraș. Cred că Montreal sau Vancouver mi s-ar potrivi, observă Jay, iar Marjorie icni cu mâhnire.

Vancouver era mult prea departe, iar ea nu și-ar mai fi văzut fiul prea des. Mâna îi tremură, iar tacâmurile îi clănțănirî pe farfurie. Jonathan îi alintă brațul, iar Ellen își scutură capul.

—O superi pe mama ta, Jay. Nu, nu mă voi muta nici la Montreal și nici la Vancouver, spuse Ellen cu hotărâre. Îmi place aici, în Toronto. Și un alt lucru, Jay. Nu înțeleg de ce i-ai da satisfacție Rebeccăi arătându-i că are puterea să te facă să fugi din oraș cu coada între picioare, îl privi ea întrebător.

—Nu fug nicăieri, îi răspunse Jay pufnind, deși admise în sinea sa că făcea exact acest lucru.

—Atunci, vei rămâne în Toronto, îi zâmbi Ellen strălucitor. Este bine de știut.

—Care ar fi scopul să plec fără tine? ridică bărbatul din umeri.

—Gândeam exact acelaşi lucru, râse Matt. Ellen are dreptate, îi spuse el fratelui său. Nu ar trebui să îi dai Rebeccăi satisfacţia să te alunge din oraş, îşi scutură bărbatul capul.

—Şi nu te teme, Jay, interveni Jonathan. O dată ce va vedea ce bine vă este împreună, Rebecca nu va mai face absolut nimic.

—Nu va vedea nimic, se apleacă Jay în faţă pentru a da mai multă putere cuvintelor lui. Am fost extrem de serios când am spus că nu mai vreau să o văd vreodată, sublinie el. Oricum, ar trebui să mergem într-o vacanţă, Elle. Tot mai ai de aşteptat licenţa aceea şi ai timp la dispoziţie, argumentă el.

Ellen îşi scutură capul.

—Îmi pare rău, Jay, dar nu pot merge nicăieri. Economiile mele sunt destul de subţiate deja şi nu ştiu când voi găsi de lucru din nou, replică ea cu tristeţe, dar ea nu ar fi acceptat să trăiască din banii altcuiva.

—De ce nu îţi faci propria ta companie? O întrebă Matt, privind-o cu speculaţie în ochi. Deseori lucrez cu indivizi care lucrează pe cont propriu şi îşi fac o companie doar pentru că le este mai uşor cu taxele după aceea.

—M-am gândit şi la chestia asta, recunoscu Ellen. Dar cine angajează un începător? îşi ridică ea mâinile.

—Tu nu eşti începătoare, sublinie Matt. Ai fost ofiţer de poliţie timp de mai mulţi ani şi ai ajuns la statutul de detectiv. Te-aş angaja fără nicio întrebare, ridică el din umeri. Şi de asemenea te pot recomanda şi altor oameni. Colegii mei au nevoie de investigatori tot timpul, sublinie el.

Matt stătu pe gânduri câteva clipe, privind-o pe Ellen, iar apoi spuse:

—Mai mult decât atât, cineva de la una din marile companii de asigurări tocmai ce mi-a spus că trebuie să angajeze un alt investigator particular. Tipul cu care lucrau s-a mutat din provincie. Și te rog, ia notă că oferta mea rămâne valabilă, indiferent de evoluția pe viitor a relației tale cu Jay, avu grijă Matt să menționeze.

—Ce naiba, Matt? se încruntă Jay și sări din scaunul său.

—Stai jos, îi ordonă Matt pe un ton liniștit. Ellen are nevoie să știe că are alegeri la dispoziție și chiar are, își întoarse omul ochii atenți spre femeie. Nu vreau să simți că dacă accepți ajutorul meu înseamnă că trebuie să rămâi cu Jay sau că Jay ar putea crede că ai stat cu el din cauza asta. Oferta mea e valabilă și independentă de relația dintre voi doi. Dacă alegi să îl părăsești chiar acum, oferta mea rămâne în picioare. Dacă te măriți cu el mâine, de asemenea. Este clar? o întrebă el, iar Ellen dădu din cap afirmativ.

Nimeni nu spuse nimic timp de câteva minute. Ellen începu să nu se prea simtă în largul ei când tăcerea se întinse pe mai multe minute. Avea senzația că toți o priveau. Jay, mereu sensibil la starea ei emoțională, rupse tăcerea.

—Asta înseamnă că economiile tale nu sunt în pericol, Elle, spuse el pe un ton sec. Poți foarte bine accepta să mergi cu mine în vacanță timp de câteva săptămâni. Oricum, m-aș fi ocupat eu de hotel și masă, o avertiză el. Știi că sunt cam de modă veche în această privință, ridică el din umeri.

Ellen îl privi pe sub gene și își mușcă buza de jos. Jay râse și își scutură capul.

—Nu îți fă griji, vei avea propria ta cameră, spuse el, iar Ellen se înroși.

Bărbatul își apropie capul de al ei și îi șopti:

—Sunt destul de inteligent să nu mă grăbesc cu anumite lucruri, puiule. Nu trebuie să îți faci griji.

Cuvintele lui fură auzite de Jonathan și acesta pufni în râs.

—Taci din gură, Jay, se răsti Ellen jenată și îl plesni peste coapsă.

Jay se mulțumi să ridice din umeri.

—Oricum, mă gândeam la Golful Georgian, menționă el. Arată fantastic în perioada asta a anului, din ce am citit, deși lumea îl preferă vara.

—Oh, da, spuse Marjorie gânditoare. Arată nemaipomenit toamna. Îți amintești? se întoarse ea spre Jonathan, iar în ochi îi sclipi o lumină nouă.

Bărbatul râse molcom și îi ridică mâna lui Marjorie la buzele lui.

—Cum aș putea uita? șopti el.

Ellen îi privi uimită, simțindu-se neînlargul ei să fie martoră la exprimarea sentimentelor lor. Privi în jur și osbservă că era singura. Ceilalți nu vedeau nimic ieșit din comun.

Nora o observa pe Ellen cu un zâmbet amuzat în colțurile gurii. Știa ce simțea Ellen pentru că fusese și ea în poziția lui ei cu foarte puțin timp în urmă.

—Bine, Jay, decise Ellen că era timpul să rupă acel moment când văzu zâmbetul amuzat al Norei. Voi merge cu tine la Golful Georgian. Nu am fost niciodată acolo, în fond, ridică ea din umeri.

De fapt, vizitase puține locuri. Copilăria și adolescența ei nu cunoscuseră multe momente fericite, iar viața de adult nu îi oferise multe șanse să iasă.

—Dar mai întâi, spune—mi despre Camilla, spuse ea pe un ton sec.

CAPITOLUL DOUĂZECI ȘI ȘAPTE

emeia avea senzaţia că nu îi va place ce îi va spune bărbatul. Acesta o privea cu uluială.

Josh izbucni în râs, iar Lily îl împunse cu cotul pentru a-l face să înceteze. Toţi ceilalţi din jurul mese se holbau la Ellen cu expresii aproape identice pe chip.

—Camilla este doar o pată a tinereţii mele tumultoase, spuse Jay până la urmă, ridicând din umeri.

—Trebuie să fi fost o pată serioasă, totuşi, nu se putu Ellen împiedica să remarce. Altfel, Rebecca nu ar fi menţionat-o.

Jay se strâmbă pentru că nu ştia ce să facă. Pe de o parte, era obligat să păstreze secretul privind condiţiile legate de trusul financiar, iar pe de altă parte, se temea de ce va crede Ellen când va auzi de momentele lui mai puţin strălucite.

Jonathan îşi dădu seama că Jay se simţea ca între ciocan şi nicovală, aşa că se întoarse spre Marjorie, arcuindu-şi sprâncenele. Femeia dădu din cap, iar apoi zise:

—Jay, înţeleg că nu mai eşti interesat de banii din trust.

—Da, mami, e adevărat, o aprobă Jay. Ştii foarte bine că nu am nevoie de banii ei. Toate premiile pe care le-am câştigat de-a lungul ultimilor patru ani, precum şi drepturile de autor pe care le primesc în mod regulat pentru seriile mele îmi asigură o viaţă confortabilă, ridică el din umeri. Nu mai am nevoie de banii lui buni, îşi scutură el capul.

—Atunci ar trebui să îi explici totul lui Ellen, își flutură Marjorie mâna.

—Permite-mi mie să o fac, rânji Josh lupește. Sunt sigur că pot explica totul cu mai multă acuratețe decât ai reuși tu.

—Ține-ți gura închisă, Josh, se răsti Jay.

—Poate ar trebui să-i spui de condițiile trustului mai întâi, observă Bryan pe un ton liniștit.

—Asta și intenționez, mormăi Jay. Numai că nu știu cum să încep, recunoscu el.

—Dacă vrei, îi pot explica eu acea parte, se oferi Marjorie, privindu-l pe Jay plină de speranță.

—Fii invitata mea, gesticulă bărbatul. Sunt sigur că îi poți explica acea parte mai bine decât pot eu.

—Ei bine, își împreună Marjorie mâinile pe tăblia mesei după ce își împinse farfuria la o parte. Nu știu dacă ai aflat, Ellen, dar bunica mea a decis să blesteme toate generațiile tinere în urma unor dezamăgiri pe care a avut nefericirea să le aibă.

—Știe despre blestem, mamă, dădu Jay din mână cu nerăbdare.

—Oh, bine atunci. Îți voi explica partea cu trustul, îi zâmbi Marjorie lui Ellen. Buni și-a pus toți banii într-un trust, vezi tu. Cineva poate ajunge să obțină acei bani numai dacă poate demonstra că iubesc pe cineva și că sunt și devotați în întregime persoanei pe care o iubesc, îi explică Marjorie.

—Cum poate determina ea acest lucru? se rotunjiră ochii lui Ellen.

—Ea nu poate, interveni Bryan pe un ton uscat. Dar a numit doi curatori care pot să citească gândurile oamenilor. Ei determină dacă un cuplu spune adevărul sau nu. Eu am fost în acea situație și știu cum este, se strâmbă el.

—Oh, acum înțeleg, dădu Ellen din cap.

—Tu ai acceptat totul mult mai ușor decât am făcut-o eu, observă Nora, iar Ellen se înroși.

—I-am arătat câte ceva din ce pot face mai înainte, mărturisi Jay și Matt zâmbi.

—Ai fost mai deștept decât mine, remarcă el. Am trăit un adevărat calvar cu Nora după ce a aflat, își aduse el aminte, întorcându-și ochii spre soția lui.

—Nu a fost atât de ușor de înghițit, spuse ea pe un ton sec.

—Oh, Elle nu a făcut niciun fel de muzicuță sau așa ceva, gesticulă Jay, foarte mândru de ea.

—Aha, mormăi femeia. Acum, vreau să aud de acea Camilla, își arcui ea o sprânceană, iar Josh râse.

—Nu ai scăpat încă din laț, Jay, observă el.

—Ești o adevărată durere în... spate, își editã el cuvintele când observă privirea mamei sale. Oricum, îți voi spune, Elle, îi luă Jay mâna femeii într-a lui.

Probabil nu îmi va place ce are de spus, mustăci femeia. *De aceea a dat drumul la șarm.*

—Da, iubito, nu este prea frumos, recunosc, spuse Jay simțindu-i emoțiile.

Percep ceea ce simte ea cu o acuratețe șocantă, se minună el. *Mă întreb ce altceva sunt capabil să fac acum din cauză că o iubesc.*

În ciuda acelor gânduri, bărbatul ridică din umeri metaforic și își continuă explicația.

—Pe vremea când aveam vreo douăzeci și doi de ani, ajunsesem la concluzia că îmi trebuiau banii din trust. Voiam să îmi cumpăr tot ce aveam nevoie pentru a crea niște benzi desenate excepționale.

—Până la urmă ai făcut-o fiule, observă Jonathan. Și fără ajutorul banilor Rebeccăi, sublinie el.

—Ar trebui să știi că deja a câștigat mai multe premii, spuse Marjorie cu mândrie. Premiul Joe Shuster, premiul Doug Wright... Anul acesta, a câștigat și premiul Eisner.

—Mulțumesc, mami, dar nu cred că Elle are nevoie de o listă cu toate premiile mele, observă Jay pe un ton uscat. Oricum, la vremea aceea, mă gândisem să îmi încerc norocul cu banii din trust, ridică el din umeri. Am convins o fată, Camilla, să pozeze ca iubita mea, iar apoi ne-am dus la buni, își scutură Jay capul cu necaz.

—Și mult bine ți-a făcut chestia aceea, interveni Lily. Evident, cititorii de minți te-au dat de gol imediat, râse ea ușor. Iar fata aceea, își scutură ea capul. Era probabil cea mai proastă actriță din toată lumea, gesticulă Lily cu vivacitate.

—Și proastă ca o cizmă, nu rezistă Josh să nu remarce. Ne-am distrat destul de mult pe seama lui Jay, și atunci, și după aceea, sublinie el.

Jay ridică din umeri cu indiferență. Cu toate aceea, își făcea griji de ce ar fi spus Ellen, iar inima i se strânse în timp ce aștepta reacția ei.

—Acum înțeleg de ce m-a tratat Rebecca în felul acela, spuse Ellen gânditoare.

—Ah, nu, îi replică Bryan. Ne-a făcut același lucru și Norei și mie.

—Tuturor, de fapt, interveni Jonathan. Le-a făcut același lucru și cumnatelor mele și, evident, mi-a făcut-o și mie. Așa că nu escapada lui Jay a făcut-o să se comporte în acest fel, spuse el.

—Oricum, acum sunt mai înţelept şi ştiu că nu am nevoie de banii ei ca să reuşesc, menţionă Jay.

—Din ceea ce am auzit, ai reuşit deja, replică Ellen, strângându-i mâna. Iar eu cred că ai avut nevoie doar de talent.

CAPITOLUL DOUĂZECI ȘI OPT

Ellen și Jay se întoarseră numai la sfârșitul primei săptămâni din noiembrie, iar aceea numai pentru că Matt o anunțase pe Ellen că toate documentele ei erau acum în ordine și putea începe să lucreze când dorea.

Jay tot amânase data de întoarcere din vacanță înainte de asta. Acum, regreta că interludiul lor la Golful Georgian se încheiase. Cu toate acestea, Ellen îi spusese că sfârșitul vacanței lor nu însemna că nu vor mai petrece timp împreună deloc.

—Poți conta pe asta, puiule, o asigurase Jay pe un ton plin de hotărâre.

De fapt, legătura dintre ei doi devenise mai puternică în timpul vacanței lor. Jay o învățase pe femeie să se distreze, iar Ellen îl învățase să o ia mai încet și să se bucure de o seară liniștită în doi.

Puterile lui Jay se dezvoltaseră brusc, iar bărbatul nu mai simțea că era necesar să-și dovedească sieși ceea ce putea. În consecință, nici măcar nu se mai gândea la jocul de cărți, ci prefera să se plimbe cu Ellen sau să o scoată la un dans.

Ellen începuse să lucreze la mai multe anchete de mică anvergură, dar petrecea serile și fiecare moment pe care îl avea liber în timpul zilei acasă la Jay.

În timp ce era plecată de acolo din cauza vreunei investigaţii, Jay mai recupera din timpul pierdut şi se ocupa de munca sa. Avea un termen limită ce se apropia vertiginos, iar el tot mai avea ceva de lucru la ultima carte din seria sa.

Pe 21 noiembrie, Ellen şi Jay se duseră la tribunal pentru prima zi a procesului împotriva proprietarului cazinoului. Matt le spusese că îi va aştepta în faţa clădirii din spatele lui Osgoode Hall. Avea un alt caz penal înaintea cazului lui Jay.

Ellen şi Jay traversară strada spre clădirea tribunalului, iar Matt le făcu semn cu mâna. În momentul în care cuplul păşi pe trotuar, o împuşcătură răsună în stradă.

Sub ochii şocaţi ai lui Matt, Ellen căzu la pământ, luându-l şi pe Jay cu ea în cădere. Bărbatul o ţinea strâns pe după umeri cu braţul, iar inerţia îl trase şi pe el pe caldarâm.

Lumea din jurul lor începu să ţipe şi să alerge să caute adăpost. Matt privi totul cu oroare în ochi. Pupilele îi invadaseră albastrul închis al irişilor.

Doi ofiţeri de poliţie tocmai coborau din maşina lor în faţa clădirii când femeia a fost împuşcată. Îl văzură pe cel ce trăsese, un bărbat înalt şi slab cu o glugă pe cap, aşa că fugiră să îl prindă.

Mişcarea lor îl scutură pe Matt din şoc, iar omul se grăbi spre Ellen şi Jay. Îngenunche lângă ei, speriat din cale afară.

Ellen zăcea pe trotuar cu ochii închişi. Genele îi atingeau pielea palidă, iar buzele ei îşi pierduseră culoarea.

Jay era scos din minţi. Bărbatul îşi apăsase mâna peste rana femeii, deşi nu era sigur de ceea ce făcea. Matt îşi scoase telefonul din buzunar şi chemă o ambulanţă, punând mâna pe umărul lui Jay pentru a-şi arăta suportul.

JAY PATRULA CU NERVOZITATE prin sala de așteptare. Își aruncă ochii la ceas pentru a patra oară în ultima jumătate de oră și scrâșni din dinți.

Matt o sunase pe Nora și îi chemase pe părinții lui, iar acum se îngrămădeau cu toții într-un colț al încăperii, șoptind și aruncând priviri furișe spre Jay cu îngrijorare. Tânărul bărbat arăta mai ciufulit decât de obicei și tot parcurgea încăperea de la un capăt la altul cu pumnii strânși.

Nimeni nu îndrăznea să îl abordeze. Linia dură a gurii lui nu invita deloc la conversație.

—Ești sigur că paramedicul a spus că va fi bine? își întrebă Marjorie fiul cel mare încă o dată, temându-se pentru starea mentală a lui Jay dacă ceva teribil i s-ar fi întâmplat lui Ellen.

—Sunt sigur, mamă, repetă Matt, dându-și ochii peste cap pentru că îi pusese aceeași întrebare de câteva ori deja.

Cu toate acestea, și el era îngrijorat. Nu era nevoie să își imagineze ce simțea fratele lui pentru că și el fusese într-o situație similară.

Doi ofițeri de poliție intrară în sală și analizară pe fiecare cu atenție. Când dădură cu ochii de Jay, schimbară o privire și deciseră că mai bine i s-ar fi adresat lui Matt și l-ar fi evitat pe celălalt tânăr.

—Ofțerii Stark și Petrovski, domnule, unul dintre ei spuse pe o voce coborâtă, indicând cu un gest al mâinii cine era fiecare. Voiam să vă spunem că cel ce a apăsat pe trăgaci este deja în arest și a și mărturisit totul, numind persoana care a pus contract pe capul femeii.

—Asta-i bine, dădu Matt din cap,. Atunci îl aveţi şi pe celălalt în custodie de asemenea, îmi imaginez, spuse el pe un ton aspru.

Unul dintre ofiţeri, Petrovski, făcu o grimasă, iar celălalt îşi scutură capul. Când Matt îşi îngustă ochii, ofiţerul Stark se grăbi să spună:

—Câţiva ofiţeri sunt pe drum să-l aresteze chiar acum, domnule. Omul va fi reţinut în scurt timp, nu vă temeţi. Cum noi doi am fost martori când domnişoara a fost împuşcată, nu puteam face parte din acea echipă. Va trebui să depunem mărturie la tribunal, sublinie el.

—Într-adevăr, aprobă Matt. Atunci ne vedem la tribunal. Vreau un caz imbatabil, îi avertiză el.

—Va fi, nu vă faceţi griji, replică Petrovski cu o mişcare scurtă a mâinii şi se întoarse spre uşă să plece.

—Îl aveţi? Pe cel ce a tras, păşi Jay în faţa lui, tăindu-i drumul.

—Da, domnule, este arestat, replică Petrovski pe un ton plin de încredere.

—Veţi avea grijă de el, indică Jay pe un ton aspru.

—Deja am avut grijă de el, domnule, interveni Stark.

—Bun atunci, dădu Jay din cap şi se dădu la o parte pentru a-i lăsa să treacă.

Atunci îl observă pe doctor intrând în sala de aşteptare şi uită complet de ofiţerii de poliţie. Se grăbi să vorbească cu chirurgul.

—Cum este? îl întrebă şi îşi strânse din nou pumnii pentru că îi tremurau degetele şi nu dorea ca ceilalţi să remarce.

—Este bine, dădu doctorul din mână. Operația a mers bine și am îndepărtat glontele care se oprise într-unul dintre omoplați și nu a făcut prea mult dezastru. Iubita ta va fi transferată într-o cameră privată, așa cum ai cerut, iar după aceea o poți vizita acolo. Așa cam peste zece minute. O soră medicală îți va arăta drumul, spuse doctorul.

—Mulțumesc, reuși Jay să murmure. Cât timp va trebui să stea în spital? se interesă el.

—În funcție de evoluția ei de azi și mâine, s-ar putea să iasă de aici până joi sau vineri, răspunse bărbatul.

Jay dădu din cap pentru a arăta că a înțeles, iar apoi îi strânse mâna chirurgului. În clipa în care doctorul plecă, toți ceilalți se strânseră în jurul lui Jay.

—Va fi bine curând, fiule, îl plesni Jonathan peste umăr. Va fi acasă cu tine înainte de aniversarea ta, îi zâmbi el.

Jay dădu din cap și murmură:

—Mulțumesc lui Dumnezeu pentru aceasta.

CAPITOLUL DOUĂZECI ȘI NOUĂ

Jay își alese să își petreacă ziua de naștere numai cu Ellen. Femeia abia fusese externată din spital cu o zi înainte, iar el îi ceruse să accepte al doilea dormitor din apartamentul lui.

Ellen avea nevoie de ajutor, iar Jay nu se simțea prea bine știind-o singură în studioul ei. Avu nevoie de ceva muncă de convingere, dar până la urmă, bărbatul a convins-o.

În decursul ultimelor două luni, Ellen aflase foarte multe lucruri despre Jay. Și cu toate acestea, nu aflase despre ziua lui de naștere decât în dimineața de 26 noiembrie când telefonul lui începuse să sune continuu.

Devreme, în acea dimineață, în timp ce își luau micul dejun, părinții lui Jay sunaseră să îi ureze *la mulți ani*, iar apelurile de la fratele său, unchii și verii săi urmară.

Ar fi trebuit să ghicesc, reflectă Ellen cu necaz. *Pinul de la telefonul lui mobil este 2611. Ar fi trebuit să mă gândesc că e ziua lui de naștere,* se încruntă ea, iar gura îi deveni o linie subțire aspră.

—Ești bine, iubito? o întrebă Jay plin de îngrijorare, strângându-i mâna.

Ellen dădu din cap afirmativ și îi zâmbi șters.

—Nu am știut că este ziua ta, îi replică ea cu tristețe.

Jay râse ușor și o tachină:

—Nu ai ajuns atât de departe cu verificările tale?

—Nu fii răutăcios, îi plesni ea brațul jucăuș. Nu, nu am verificat atât de departe. Nu mă interesa vârsta ta la vremea aceea. Câți ani ai împlinit astăzi? își aplecă Ellen capul pe o parte.

—Douăzeci și nouă, îi răspunse Jay cu un zâmbet. Doar un an mai am până la rotundul treizeci, își mișcă el sprâncenele în sus și jos spre ea, iar femeia izbucni în râs.

—La mulți ani, puiule, îi șopti Ellen, iar apoi se aplecă spre el.

Îi sărută buzele ușor, intenționând să se retragă după aceea, dar intențiile lui Jay nu prea rimau cu ale ei.

Bărbatul își petrecu brațul în jurul lui Ellen pentru a o ține aproape de el, iar privirea lui intensă îi cercetă ochii. Apoi își trecu buzele pe marginea obrazului ei și mai jos spre gât. Jay își ridică ochii spre ea din nou și, cu un surâs de lup, îi sărută gura apăsat.

Bărbatul se trase înapoi după aceea și remarcă:

—Știi, Elle, asta este numai a doua oară când ai spus așa ceva.

Femeia îl privi cu ochii lărgiți timp de câteva secunde, iar apoi ridică din umeri:

—Nu îmi vine ușor să spun cuvinte de alint, recunoscu Ellen. Dar aceasta nu înseamnă că nu..., începu ea să spună, dar apoi se opri.

—Nu mă lăsa așa, spuse Jay frustrat printre dinți. Aceasta nu înseamnă că nu..., gesticulă el cu mâna pentru a-i arăta lui Ellen că ar trebui să continue.

Femeia se înroși și ridică din umeri din nou.

—Voiam să spun că țin la tine, replică ea pe o voce mică.

—Nu mai ții la mine? se aplecă Jay peste ea cu anxietate, arcuindu-și sprâncenele și așteptând ca ea să spună ceva.

—Chiar trebuie să o spun? se răsti Ellen la el.

—Este ziua mea de naștere, în fond, surâse el drăcește.

—Asta așa este, dădu ea din cap. Iar cum eu nu am știut despre ea, nu am un cadou pentru tine, replică ea cu tristețe.

—Ba da, ai, Elle, insistă Jay, iar apoi o trase de mână. Am terminat aici, nu-i așa? trecu el în revistă masa de mic dejun, pentru a verifica dacă Ellen mâncase deja tot. Hai să mergem în camera de zi, propuse el.

—Dar trebuie să curățim masa, protestă Ellen.

—Nu trebuie să facem nimic, iubito, își scutură Jay capul. Putem să o facem mai târziu. Hai să mergem pe canapea și să discutăm cadoul tău pentru mine, spuse Jay pe o voce răgușită, iar Ellen se înroși din nou.

Când bărbatul trase de mâna ei din nou, Ellen se ridică și îl urmă în camera de zi. Jay o ajută să se așeze pe canapea, iar apoi luă loc lângă ea. Își petrecu un braț în jurul ei și o trase spre el.

—Acum am nevoie de cuvinte, șopti Jay în părul ei.

—Nu ai putea doar să-mi citești emoțiile? pufni ea.

—Ba da, aș putea, dădu Jay din cap. Dar mai apoi, tot o să vreau să aud cuvintele așa că nu văd ce sens are să îți cercetez emoțiile, ridică el din umeri. Haide, Elle, nu fii rea. Este ziua mea de naștere, spuse bărbatul din nou.

Ellen își scutură capul, dar zâmbi. *Este exact ca un băiețel acum,* reflectă ea.

—Bine, Jay, ascultă aici, spuse ea, iar apoi își mușcă buza de jos. Și numai pentru că e ziua ta de naștere. Nu sunt obișnuită să spun așa ceva în mod regulat, îl preveni Ellen.

—Şi chiar apreciez acest lucru, iubito. Aş prefera să nu mai spui acest lucru nimănui altcuiva, sublinie el.

—Eşti atât de amuzant, bombăni femeia cu neplăcere.

—Nu, sunt sincer. Nu vreau ca tu să spui vreodată aşa ceva unui alt bărbat, Jay accentuă cuvintele, iar ochii săi întunecaţi o priviră cu intensitate.

Un fior îi traversă corpul lui Ellen, iar mâna îi zbură la gât.

—Nu am nicio intenţie să spun aceste cuvinte unui alt bărbat, Jay, replică ea pe o voce caldă. Cine ar fi interesat de un alt bărbat cu tine aproape? se miră ea, scuturându-şi capul.

Mai apoi îşi ridică mâna spre maxilarul lui Jay, îl privi drept în ochi şi şopti:

—Te iubesc, puiule.

Jay îşi ţinuse respiraţia cu nerăbdare, iar acum expiră zgomotos şi spuse:

—Mulţumesc lui Dumnezeu.

Apoi se aplecă peste Ellen şi o sărută aproape sălbatic, zdrobind-o la pieptul lui.

Un ţipăt zbură de pe buzele femeii înainte ca gura lui să se aşeze peste a ei, dar Jay era atât de pierdut în pasiunea sa că nu observă. Ellen se agită puţin în braţele sale, iar el îşi coborî mâna la talia ei, ghicind că a rănit-o. Jay se trase înapoi cu îngrijorare.

—Te-am rănit, la naiba, mârâi el, mâniat de faptul că a putut uita că abia ieşise din spital.

Cum naiba am putut uita că a fost împuşcată? se mustră el.

—Nu îţi fă griji, Jay, îi prinse Ellen mâna. A fost numai un junghi aşa, de câteva secunde.

—Îmi pare rău, Elle, îşi aplecă Jay capul şi îşi atinse fruntea de a ei. Nu am avut intenţia să te rănesc.

—Știu, așa că nu te mai agita atât de tare, șopti ea, iar vârfurile degetelor ei îi alintară chipul.

—Numai că te iubesc atât de mult, îi șopti și Jay, iar apoi îi apucă încheietura de la mână și-i aduse degetele la gură și îi sărută fiecare deget cu grijă.

Cuvintele bărbatului trezi fluturii din abdomenul lui Ellen, iar ea tremură. Jay o trase mai aproape de el cu grjiă.

—Nu cred că pot trăi fără tine, iubito, spuse el pe un ton liniștit. Am nevoie de tine, să îmi fii soție. Vreau să te leg de mine pe toate căile posibile, puiule.

Ellen îngheță câteva clipe în brațele lui. După aceea, se trase înapoi pentru a privi drept în ochii lui. Privirea lui lucea cu intensitate. Jay îi aștepta răspunsul cu trepidație.

Când trecură câteva minute și femeia tot nu îi răspunsese, se trase înapoi și râse de el însuși cu dispreț.

—Văd că nu mai poți de bucurie, observă el. Ce te oprește să-mi dai un răspuns? Eu sau familia mea dusă cu pluta? întrebă el și încercă să se ridice, dar Ellen îl prinse de mână cu putere.

—Poți să ai răbdare măcar o dată? se răsti Ellen la el. Nu e ca și cum aud așa ceva în fiecare zi, spuse ea.

—Bine atunci, aștept, acceptă Jay cu ușurare. *'Nu a spus* nu *încă,'* trase el concluzia.

Ellen își scutură capul și îi zâmbi.

—Ești atât de nerăbdător câteodată. Trebuie să îi lași unei fete timpul să își tragă răsuflarea, își scutură ea capul din nou. Desigur că te vreau, Jay, și nu este nevoie să mă legi de tine. Deja îți aparțin, iubire, șopti ea, roșind violent și îi atinse gura cu buzele ei tandru.

Cine ar fi crezut că voi spune așa ceva cuiva vreodată? se miră ea.

Când îi auzi cuvintele, Jay îi prinse capul în mâini și își zdrobi buzele de ale ei, lăsând toată dorința pe care o resimțea să se strecoare în acel sărut. Tocmai își adâncise sărutul când cineva ciocăni la ușă.

Bărbatul sări de pe canapea furios și strigă:

—Nu pot să cred așa ceva. Nu pot să cred.

O porni spre ușă cu pași furioși, dar vocea lui Ellen îl opri.

—Jay, calmează-te. Vom avea destul timp împreună. Nu spune ceva ce vei regreta mai târziu, îl avertiză ea.

—Nici măcar nu ai spus dacă îmi vei fi soție, observă el. Și deja sunt aici, stricând totul, gesticulă el cu mânie.

—Ești dens, omule, flutură Ellen din mână. Desigur că-ți voi fi soție.

Jay uită de ușă și se întoarse la ea cu pași uriași. Pur și simplu o trase în sus și o lipi de el. Dar, de data aceasta, avu grijă să nu o mai strângă de locul une era rănită. Își coborî capul deasupra ei și o sărută din nou.

Ciocăniturile de la ușă nu se opriră, ci deveniră mai puternice.

—Fir-ar să fie, trebuie să deschid afurisita aia de ușă, se trase Jay înapoi și scrâșni din dinți.

—Așa se pare, râse Ellen cu veselie. Du-te, Jay, ce mai aștepți? îl întrebă ea.

—Aștept să plece, mărturisi el.

Ellen își scutură capul:

—Nu cred că această dorință a ta se va împlini, își scutură ea capul.

—Cel puțin ai spus *da,* replică el, căutndu-i ochii pentru a se asigura că nu a înțeles greșit.

—Da, spuse ea. Într-adevăr am spus *da.*

El dădu din cap emfatic şi mai apoi o întrebă, arcuindu-şi sprâncenele:

—Ziua de Crăciun?

Ea dădu din cap din nou şi se înroşi. Cu toate acestea, ochii ei străluceau cu speranţă şi fericire.

CAPITOLUL TREIZECI

Se dovedi că nu era chiar atât de ușor să aranjezi o nuntă în ziua de Crăciun, dar Marjorie nu se dădu bătută. Era atât de fericită pentru fiul ei cel mai mic încât nu acceptă să audă niciun refuz din partea nimănui, nici din partea pastorului și nici din partea furnizorului de mâncare.

Ellen și Jay aleseră să aibă o nuntă simplă acasă la părinții lui Jay la care să participe familia. Anna și Adam, bunicii lui Jay, se rugaseră de Jay să o invite și pe Rebecca. Jay acceptă după o vreme, dar își avertiză bunicul că o va arunca pe vrăjitoare în stradă dacă aceasta i-ar fi făcut ceva lui Ellen.

Ellen se îndreptă spre altarul improvizat purtând o rochie dreaptă, mulată pe corp, care i se oprea exact deasupra genunchilor. Maggie, sora lui Jay, împletise flori albe în părul miresei, iar Marjorie îi dăruise lui Ellen o inimioară de safir care atârna de un lănțișor delicat. Safirul se potrivea cu inelul de logodnă pe care Jay îl pusese pe degetul lui Ellen cu o lună în urmă.

Jay o privea pe Ellen venind spre el, iar o lumină intensă îi jucă în ochi. Matt își puse mâna pe umărul lui și îl strânse.

—Știu ce simți, frate. Am fost și eu în aceeași poziție. Gândește-te numai că nimeni nu se va mai interpune între voi doi de acum încolo, îi șopti el fratelui său.

Jay dădu din cap, dar ochii săi fugiră spre Rebecca imediat. Bătrâna femeie privea totul cu ochii îngustați, iar gura ei devenise o linie subțire.

Pune ea ceva la cale, se gândi bărbatul, iar inima i se strânse.

Ellen observă schimbarea în dispoziția lui imediat și își întoarse și ea ochii spre Rebecca.

Numai strică-i ziua, o avertiză ea pe femeie în gând. *Îți voi lua capul.*

Toată lumea râse când mireasa ajunse lângă mire. Jay o trăsese spre el cu un gest posesiv și o săruta temeinic.

Băatrânul pastor își drese glasul și îl avertiză:

—Acel lucru vine abia la final, tinere. Ai nevoie de puțină răbdare.

—Ți-am spus și eu același lucru, îi spuse Ellen lui Jay, cu râset în ochi.

—Tu, drăcușorule, șopti el și îi suci nasul.

—Putem începe această nuntă, oameni buni? se interesă pastorul, aruncându-și ochii la ceasul de la mână.

Soția lui invitase oameni la masă pentru sărbătoarea de Crăciun, iar el trebuia să se întoarcă acasă în mai puțin de o oră.

—Desigur, își flutură Jay mâna de parcă i-ar fi făcut o favoare bătrânului bărbat.

Pastorul îl străpunse cu ochii.

—Întotdeauna ai fost un tânăr obraznic, își scutură el capul.

Ceremonia începu în mijlocul râsetelor oamenilor așezați în camera de zi a lui Marjorie, mai puțin al Rebeccăi. Pastorul predică atât de mult despre sanctitatea căsătoriei că lui Jay i se încrucișară ochii. El voia numai să ajungă la punctul unde pastorul îi declara soț și soție și să încheie întreaga ceremonie.

Pastorul făcu mai apoi greșeala de a întreba dacă știa cineva de vreun motiv pentru care cei doi tineri nu ar fi trebuit să se căsătorească. Rebecca înșfăcă șansa imediat cu ambele mâini și spuse pe un ton dur:

—Desigur că știu. Nu se iubesc deloc. Asta este doar o mascaradă. Această nuntă nu ar trebui să aibă loc.

Jay văzu roșu în fața ochilor și se întoarse pentru a o porni spre ea. Nu știa ce va face când va ajunge la bătrână, dar trăsăturile lui erau atât de întunecate că o speriară pe Ellen. Aceasta îi prinse mâna cu toată puterea.

—Nu, Jay. Nu merită efortul, strigă ea la bărbat pentru că acesta nu părea să mai vadă nimic altceva decât chipul bătrânei.

Teama lui Ellen era vizibil înscrisă pe trăsăturile ei, iar Matt îl prinse și el de braț pe fratele său.

—Jay, oprește-te. Nu merită să te încurci. O sperii pe Ellen, spuse Matt pe un ton foarte calm.

—Ai auzit ce a spus vrăjitoarea? strigă Jay.

—Da, am auzit. Dar nimeni nu o crede. Nu-i așa? se întoarse Matt spre pastor privindu-l fix, cu înțeles.

Pastorul înghiți cu greu și dădu din cap.

—Bineînțeles, putem continua nunta, observă bărbatul.

Chiar dacă este adevărat, nu este primul cuplu care se căsătorește fără să existe dragoste între ei, reflectă el.

Ellen îi strânse mâna lui Jay din nou, iar privirea ei pledă cu el. Jay își întoarse ochii spre ea și îi luă mâna să i-o ridice la buzele lui.

—Hai să te fac a mea, iubito, îi zâmbi el, hotărându-se să nu îi mai dea nicio atenție străbunicii sale.

Pastorul respiră ușurat. Venise acolo pentru a binecuvânta o nuntă, nu pentru a fi martor la o crimă. Când ceremonia s-a încheiat, iar Ellen a devenit, în sfârșit, soție lui, Jay o îmbrățișă cu toată puterea și o sărută cu pasiune în fața tuturor.

—În sfârșit, vei dormi în patul meu în noaptea asta, strigă el, uitând de martori, iar Ellen deveni stacojie.

—Jay, îi plesni ea brațul. Ți-ai pierdut mințile să strigi așa ceva? întrebă ea șocată.

Oamenii râseră în jurul lor, ba chiar severul pastor surâse scuturându-și capul.

Ha, nu se iubesc, pufni el disprețuitor. *Probabil că Rebecca și-a pierdut uzul rațiunii,* gândi el.

—Îmi cer scuze, iubito. Sunt însă extrem de fericit, își trecu el buzele peste încheieturile degetelor ei.

Apoi îi strânse mâna din nou și o trase spre familia lui. Ochii lui poposiră pe chipul Rebeccăi și decretă pe un ton aspru:

—Tu, dispari de aici. Chiar în acest moment, accentuă el, iar apoi, își prezentă proaspăta soție părinților săi.

—Mi-ai făcut băiatul atât de fericit, șopti Marjory, îmbrățișând-o pe Ellen cu lacrimi de bucurie în ochi. Nu pot să-ți mulțumesc destul.

—ÎNTOTDEAUNA AM IUBIT Crăciunul, îi șopti Jay lui Ellen, ținând-o în brațe.

Stăteau întinși sub pomul de Crăciun, pe care îl decoraseră împreună, și priveau unul în ochii celuilalt.

—Mereu am iubit aproape toate cadourile de Crăciun pe care le-am găsit sub brad dimineața, recunoscu el râzând. Dar nu m-am gândit niciodată că într-o bună zi voi găsi cel mai bun dar sub propriul meu pom de Crăciun, mărturisi el pe un ton serios.

Bărbatul îi ridică mâna lui Ellen și privi inelul pe care i-l pusese pe deget cu câteva ore mai înainte, iar apoi spuse liniștit:

—A mea. Îmi aparții numai mie acum.

De asemenea de Rowena Dawn:

Cu Dublu Tăiş – Prima Carte din seria Jumătatea Perfectă — eBook, paperback, (audio book – doar în limba engleză)

Ochi în Întuneric (Cartea a Doua din Seria Jumătatea Perfectă).

Atras (Cartea a Treia din Seria Jumătatea Perfectă).

Meg – eBook (*Meg La Răscruce de Drumuri*), paperback, (audio book – doar în limba engleză – *Leap of Faith*)

Trezirea Beckăi (Prima Carte din Seria Familiei Winston) – eBook, paperback, (audio book – doar în limba engleză)

Dilema lui Matt (Cartea a Doua din Seria Familia Winston)

Salvarea lui Jay (Cartea a Treia din seria Familia Winston)

Va fi publicată:

Bărbatul (Aproape) Perfect (ebook, paperback, audio book doar în engleză)

Prinderea lui Lily – Fir viu (Cartea a Patra din seria Familia Winston şi seria Jumătatea Perfectă) (ebook, paperback)

Did you love *Salvarea lui Jay*? Then you should read *Cu Dublu Tais*[1] by Rowena Dawn!

[2]

Kate îi permite prietenei sale să o convingă să încerce un site de matrimoniale pe Internet unde întâlnește un bărbat extrem de interesant, dar care este o enigmă pentru ea.

Kate este capabilă să citească gândurile oamenilor, dar nu ale lui.

---

1. https://books2read.com/u/bwWQ5P

2. https://books2read.com/u/bwWQ5P